古都に、消える。

流浪の家族と空洞の古代史

前田 潤

現代書館

古都に、消える。＊目次

著者の父（映画監督）と、1歳の息子

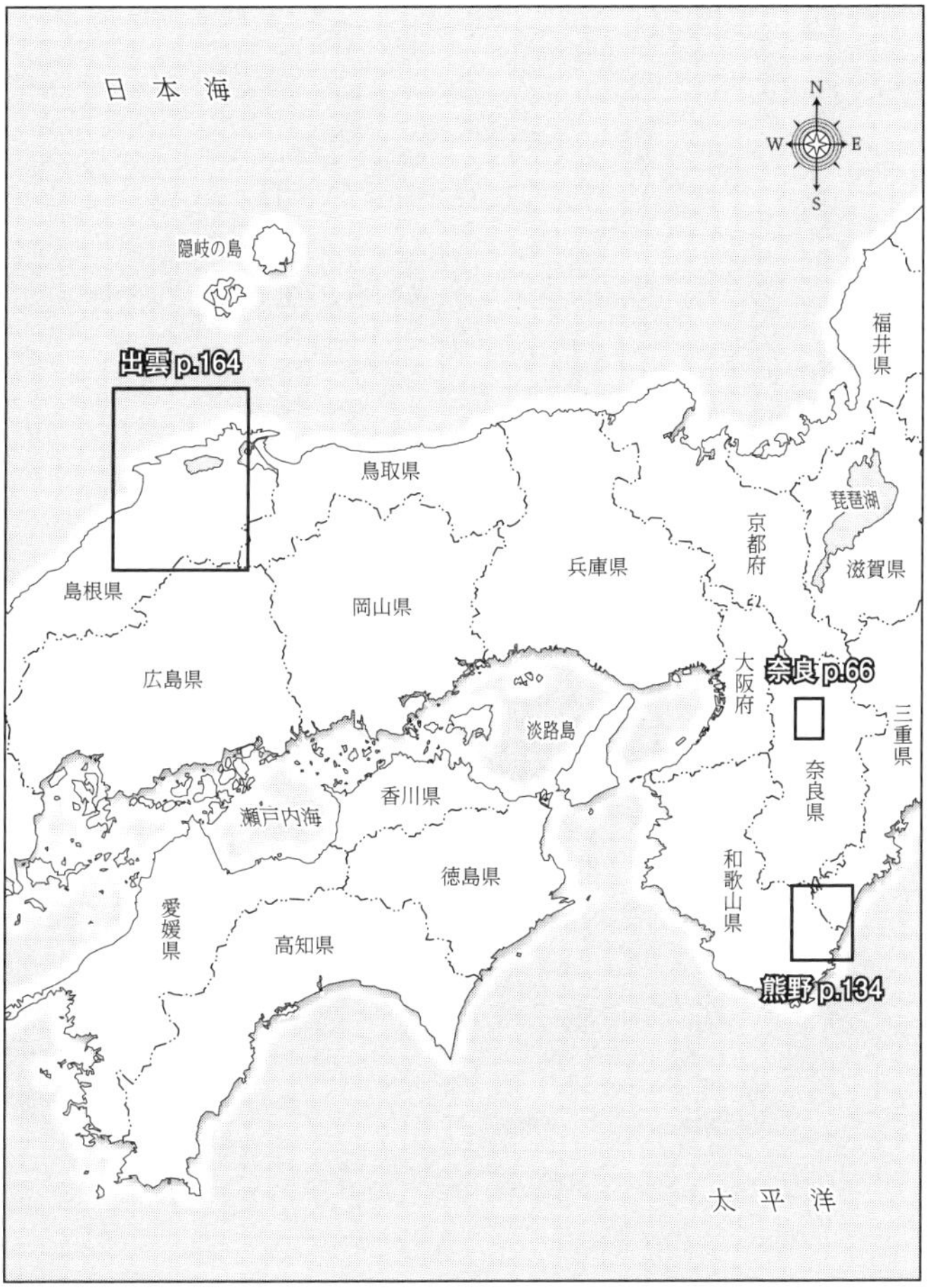
日本海
隠岐の島
出雲 p.164
鳥取県
島根県
岡山県
兵庫県
京都府
福井県
琵琶湖
滋賀県
広島県
淡路島
大阪府
奈良 p.66
三重県
奈良県
香川県
瀬戸内海
徳島県
和歌山県
愛媛県
高知県
熊野 p.134
太平洋
N
W
E
S

本書の主な舞台

プロローグ

先客が三人いた。
化学繊維の上着を着た初老の男が手帳に何やら書き込んでいる。
男の脇には女が二人いて、男の手元を覗き込んでいる。
坂を上ってきた私と息子の気配を察して、三人が同時に顔を上げた。
風が強くなったのか、森が揺れ始めていた。
「穴」の場所を知っているのではないかと思い、三人の方に近付いた。
足元が沈み込むような柔らかい腐葉土の森の奥に、秋の日差しは届いてこない。
男は、私と目が合うと、「一号墳」と言いながら穴の入り口を指差した。
目の前の土壁には、闇への入り口と思しき小さな穴が、地面と垂直に口を開いている。
地図を見ながらようやく辿り着いた目的地に違いなかった。
小動物ならば、簡単に出入りできるサイズの穴。
ただし、小動物ならば、の話だ。
「もう入りましたか」

尋ねると、初老の男は眼鏡の奥に軽い笑みを浮かべながら、ええ、と頷く。男の脇にいる四十代くらいの女性たちも、笑みを浮かべつつ合槌を打った。見ると、三人は皆アウトドア用のヤッケを着て、バックパックを背負っている。手には懐中電灯を持ち、女性の一人はヘッドランプも装着している。要するに、準備万端、ということだ。

「狭そうですね」と聞くと、「大丈夫ですよ」と男が軽く応じた。

こちらの躊躇を見透かされている気がする。

だがこちらはいつものように思い付きの行動なのだ。準備などほとんどしていない。闇を照らすために、小型の懐中電灯を一つ、古代の面影を残す全くコンビニエントではない街の中をあちこち探し回ってようやく先ほど購入したばかりなのだ。

時計を見ると午後三時を回っている。夕暮れも近い。

その時、脇にいた息子が、左手でスマートフォンを高く掲げながら首を屈め、小さな穴の中へするりと滑り込んだ。

こちらを振り返るでもなかった。

声を掛ける間もなかった。

ただ、背を折って動き出す息子のその残像に、闇の中に踏み込むことのできる勇気を、私に示そうとする意志が含まれていることだけはわかった。

三人からもう少し情報を得たかったが、穴の中に消えた息子の後に続かないわけにはいかなかった。

重い身体を屈めて、見たこともないくらい小さな羨口《せんこう》の前に立つ。

足元にあるその羨道の入り口は山に向かって直角に穿たれており、穴は山の中心へと向かって横に直進している。

横幅は大丈夫、余裕がある。

問題は穴の入り口の高さ。数日前に雨が降ったと見えて、土砂が数十センチ堆積し、穴を塞いでいるのだ。

仕方がない。

覚悟を決め尻餅をつき、背をほとんど地面につけるようにして仰向けになり、ぬかるみの中に手を突き、足から狭い穴の中に身を入れる。

体重が六〇キロもないスリムな息子はまだいい。だがこちらは八〇キロオーバーの巨体なのだ。穴のどこかで身動きが取れなくなる可能性も大いにある。

頭を潜らせると、湿気と静寂に満たされた世界がすぐに訪れる。

デニムの尻の部分が冷たい泥の上を這ってゆく嫌な感触がある。

羨道《せんどう》の長さが九メートルほどしかないことは知っていた。修学旅行で訪れるあの石舞台古墳よりも二メートルも短い。前室も中室もなく、両袖型《りょうそでがた》のはずだから、二、三度手足を動かしさえすれば、すぐに闇の奥の広がりに辿り着くに決まっている。

穴は狭く、頭がどこかにぶつかりそうで、中腰の姿勢で進むことは到底できない。身体を仰向けにしていても、石の天井は眼前に迫ってくる気がする。やはり雨のせいなのだろう。土砂が大量に流れ込み堆積して、羨道が狭くなっているのかもしれない。

闇で見えないが、礫を敷き詰めた床面にはガマやトカゲがいるとも聞いている。夏はマムシが出ることもあるらしい。

息を殺し、歩を進めながら思った。

間違いない。

これが黄泉比良坂《よもつひらさか》なのだ。

玄室へと続く暗い羨道。

冥界への入り口。

この閉ざされた闇の体感を、『古事記』編纂者が知らなかったはずはない。

『古事記』にあるイザナギ、イザナミ神話。死んだイザナミに会うために黄泉の国へ行き、蛆と八種の雷神に囲繞《いにょう》されたイザナミの姿に驚いて逃げ帰ってくる夫の物語。イザナギが黄泉の国への往来に使う通路、黄泉の国と現世との境界となる道こそ、黄泉比良坂なのだが、七世紀を生きた『古事記』編纂者は、狭く暗い羨道を潜り抜けて死者の眠る古墳石室の内外を行き来する経験の実感を、疑いもなく共有していたはずだ。

五世紀の百済古墳に学んだとされる、羨道を有する横穴式石室の古墳設計が先なのか、『古事記』を生む伝承の成立が先なのか。そんなことはわからない。

ただ確信があった。

闇の羨道をじりじりと進むこの身体的経験は、黄泉の国の伝承と完全に接続している。

わずか九メートル。

だが、視覚と身体の自由を奪われた九メートルだ。

加えて私は閉所恐怖症ときている。

大地震で突然穴が崩壊しないとも限らない。

なにせ整備された遺構ではないのだ。

波立つ感情を押し殺し、仰向けの身体を足元の方向へと進める。道はわずかに下っている。

後ろ手に突いた掌《てのひら》の粘っこい感触が薄気味悪い。

次の瞬間、顔にふわりとした空気を感じ、頭上の空間が開いた。

漆黒の中、スマートフォンの光がぼんやり灯っている。

冥界に辿り着いたのだ。

玄室は思いの他広い空間であった。

立ち上がり、懐中電灯で周囲を照らすと、私の身長ほどもある巨大な石の棺《ひつぎ》が目の前にあった。

＊　＊

奈良県桜井市、赤坂天王山古墳《あかさかてんのうざん》。

六世紀末、後期古墳時代の方墳。

二〇一七年十一月三日午後三時過ぎ、私と息子は、蘇我馬子に暗殺された第三十二代崇《す》峻《しゅん》天皇の王墓の玄室内にいた。

歴代天皇の肉体が実際に埋葬されたと考えられる闇の玄室空間に、現在足を踏み入れることができるのは、実は、この崇峻天皇陵、赤坂天王山古墳以外には存在しない。

それには幾つかの理由がある。

まず一つは、天皇陵を中心とした陵墓が、『皇室典範』に基づき宮内庁によって厳密に保護・管理されていることに拠る。陵墓と陵墓参考地の敷地内への侵入は一切禁止されている。国家形成史探求のための資料の宝庫とも言える巨大前方後円墳のような陵墓古墳への調査・研究の要請に対しても、死した歴代天皇の「静安と尊厳」ないしは「静謐と安寧」の保持を理由に、宮内庁がその要請を拒絶し続けていることは周知のところだろう。

だがもちろん、禁止されているのは、宮内庁が指定している陵墓への侵入である。問題なのは、天皇陵に関して、宮内庁の指定が必ずしも正しくないということだ。「古代」の天皇陵についてはその傾向が顕著で、実在の可能性が高いとされる第十代崇神《すじん》天皇以降、四十代天武天皇までの天皇陵のうち、正しい治定《じじょう》（陵墓の指定）が行われているのは、天智陵、天武＝持統陵など数基に過ぎず、その大方を誤りとする見方もある。宮内庁の治定に全く誤りがないとする識者は、今日その思想的・政治的立場にかかわらずほぼ皆無に等しいだろう。もちろん宮内庁が関心を持たない古墳玄室には自由に立ち入ることができるケースもあり、宮内庁の管理から逃れた天皇陵が存在するならば、原理的にその調査も可能ということになる。

先述したように、崇峻天皇は大臣蘇我馬子によって暗殺される。

蘇我馬子は、自らを疎んじる発言をした崇峻を、「東国の調《あずまのみつぎ》」という儀礼の場におびき出し、配下の東漢直駒《やまとのあやのあたいこま》に命じ白昼堂々群臣の面前で殺害する。『日本書紀』に拠れば、歴代天皇のうち、天皇在位中に暗殺された者は、第三十二代崇峻天皇と第二十代安康《あんこう》天皇だけである。とはいえ、安康天皇は報復のための殺害だ。第十九代允恭《いんぎょう》天皇の第二皇子安康天皇は、叔父を殺して奪った姫を皇后としたため、二人の子の眉輪王《まよわのおう》によって刺殺された。つまり復讐であり、崇峻暗殺のように、王権の基盤を襲う皇室テロルとは質が異なっている。暗殺が蘇我氏の計画通り運んだためだろうか、崇峻は殺害の当日、殯《もがり》もせず直ちに「倉梯岡陵《くらはしのおかのみささぎ》」に葬られる。崇峻の死は西暦五九二年。とうに大型前方後円墳の流行期は終わり小型墳墓の時代に入っていた。

明治政府は、この「倉梯岡陵」を、ここ赤坂天王山古墳ではなく、幕末の山陵家、北《きた》浦定政《うらさだまさ》の『打墨縄《うちすみなわ》』（一八四八年刊）を根拠に、南西に二キロほど離れた、奈良県桜井市倉橋の集落内、天皇屋敷という場所に比定《ひてい》（比較考証して対応関係を判定すること）し、明治二十二年に「崇峻陵」を築造する。これが宮内庁の管理下にある現陵となる。このため、崇峻天皇と関係の切れた赤坂天王山古墳は、国家の管理を離れ、侵入可能な陵墓となったのだ。江戸期には天皇陵とされた古墳が、明治政府によって「格下げ」となった事例は、美人壁画の劣化が問題となった高松塚古墳と、この赤坂天王山古墳の二例を含む僅かしか存在しない。

日本の国土は古墳の宝庫である。

宮内庁管轄地以外の古墳には、周囲を散策するだけでなく、墳丘に登ったり、玄室に入ったりできるように、整備・開放されている古墳も多い。土地所有者不明のまま放置され、荒れ果てた古墳も無数にある。その中には、調査研究の末、やがては天皇陵に指定される古墳も存在しているに違いない。だがそうした古墳群のうち、現時点で、考古学者や歴史家が口を揃えて、疑いもなく天皇陵であると太鼓判を押す古墳は稀なのだ。

例えば、平成二十二年に明日香村が実施した発掘調査で、八角形墳であると判明した牽牛子塚《けんごしづか》古墳。第三十七代斉明天皇陵が別の場（奈良県高市郡高取町大字車木「越智崗上陵《おちのおかのえのみささぎ》」）に治定されているがために、飛鳥の農道を歩きながら誰もがすぐそばまで近付き、凝灰角礫岩刳抜式《くりぬきしき》双室の石槨内部をゆっくりと眺めることができるわけだが、史上はじめて大王

（天皇）位を「譲位」・「重祚《ちょうそ》」（退位した後再び天皇位につくこと）した皇極《こうぎょく》（斉明《さいめい》）女帝の真陵の可能性が濃厚と言われるこの牽牛子塚古墳にしても、近傍にある岩屋山《いわややま》古墳など、真陵を巡る議論は紛糾し、複雑を極めているのが実情だ。つまり、天皇陵を巡る議論は百出し容易には結論を見ない。

崇峻陵はそうではない。

「崇峻天皇の真陵を赤坂天王山古墳に比定するのは、学界のほぼ一致した見解である」と矢澤高太郎が述べるように（『天皇陵の謎』）、国家の関心から外れ、なおかつ、専門家の大多数が疑うことなく、実在した天皇の真陵であると考えるきわめて例外的な古墳。それが、赤坂天王山古墳なのである。

私は日本の近代文学を専攻した人間である。

考古学にも歴史学にも明るくない私は、ごく単純に、本物の天皇、本当の大王、真の権力者を巡る歴史と、彼らの眠る古墳にばかり惹き付けられる傾向がある。

歴史研究者や古墳愛好者と異なり、元来動機が不純なのである。

関心の萌芽がそもそも捻《ねじ》れている。

「自己」なるものの起源。

どうやら、私の関心はそこに向かっている。

「自己」を生み出すものとしての「国家」。

その権力の淵源。

それを知りたい。

言うまでもなく、今日「自己」は他者との共同性のもとに、そして当然、国家という「主権」との関わりにおいて存在している。すなわち、「自己」の起源という時、それは、「自己」なるものの全体を管理・統制し、「自己」を生み出し続けてやまない国家という存在の始原と深く関わっている。国家は私が生まれるずっと前から、厳然として私の生きる場所を占めている。自由意思で契約を結ぶこともなく、私は日本国民として生きることを運命付けられている。だから必然、その権力の淵源を巡る問いが、私の頭から去ることはない。国家権力の中心には、「暴力の独占」といった近代的「観念」では充分に語り尽くせない、虚無を糊塗して祭り上げてゆく人間集団の生を賭した営みの歴史が、幾重にも刻まれているに違いないのだ。

果たして「私」は、「誰」に従う運命を背負っているのだろうか。

はたまた「私」は、一体どこから来たのか。

「倭」や「倭人」、「倭国」という呼称。

「倭王権」、「ヤマト王権」、「初期ヤマト政権」なるものの存在。

おそらく、三世紀「邪馬台国」を経て、空白の四世紀から、倭の五王の古墳時代中期（五世紀）に至るまでの、列島および大陸諸勢力の関係と歩みの中に、私が知りたいと願っているものの本体が身を隠していることは疑いない。だがそれはあまりにも射程が広く、摑みどころがない。プロの歴史家でさえ、一つの果実を得るために生涯を賭けざるを得ない領野である。門外漢が、自らを得心させるに足る果実を手に入れることは難しい。

ただ同時に、私は、私たちに与えられた「歴史」を、そのまま鵜呑みにしたくはない。出来合いの「物語」の一隅に安らぎの場所を見出して眠りにつくことに対する、底知れない恐怖感が、これまでの私の生を突き動かしてきた。目を閉じて悠久の時の流れに身を沿わせる諦念のような感情といまだ無縁な私は、所与のものとしての「歴史」を、さながらに受け入れる寛容さを持ち合わせてはいない。

だからこそ私は「古代」に魅了されるのだ。

「古代」に触れる喜びの一端はそこにある。

誰もがほぼ手探りで語らざるを得ない時代を深掘りすると、頭を押さえ付けられていた強い重圧から解放され、身体の隅々にまで温かい血が通ってゆく気がしてならない。計測された街路を慎重に歩む日常の拘束から逸脱する愉楽を感じられるばかりではなく、不透明な過去への遡行が、設計済みの未来を揺さぶり、正解の存在しない不定形な世界の扉を開いてくれるのである。正解のないその世界で、私は、束の間の自由を手に入れる。

しかしながら、「古代」へと遡行しようとする私の欲望は、どうにもある不可思議な困難を招き寄せてしまうようなのだ。

「私」なるものは、国家や共同体よりも先に、父母の血脈に強く繋がれている。

考えてみれば当たり前のことだ。

自己の意志がどうあろうとも、「私」なるものが、これまで血の繋がりから自由であった試しはない。

著者であるこの私についてもそれはもちろん同様である。

そしてどうやら私の試みは、今こうして言葉を書き付ける生身の私の心臓をも、鋭い刃《やいば》で抉《えぐ》り出してゆかざるを得ない気配なのである。

＊　＊

崇峻天皇を埋葬していた家形石棺を前にして、私は予想しなかった奇妙な威圧感を感じていた。

暗殺された薄幸の天皇の呪力など信じてはいなかったし、そもそもこれまで、霊力や迷信めいたものに振り回されたことなどなかった。

ただおそらくどこかに、自分が、死者の眠りを邪魔する悪ふざけをしているだけなのではないかという、無意識の危惧があったのだと思う。もしかすると、宮内庁の「静安と尊厳」には、心に訴える存外の効果があるのかもしれない。

スマートフォンの光と懐中電灯を掲げていくら照らしてみても、一向に明るくならない薄気味の悪い玄室内で、早くも私は外に出たくてならなかった。

ただ私が誘った以上、息子にそうは言い出せない。

六畳から八畳間くらいの広さの空間。石積みの壁面。

手で触れたくはないが、壁の石はどうもわずかに湿っているようにも見える。

闇に光が吸収され、石室の全容が見渡せない。

石室内部から受けた印象としては、修学旅行で誰もが訪れる日本最大級の方墳、飛鳥の石舞台古墳を半分程度に縮小したかのようだ。共に方墳であり、大きな石積みで囲われた羨道の延長線上を直進し、羨道よりは幅広く、縦に長い玄室内に入り込むという感覚は、地表にむき出しになった、あの明るく乾いた石舞台の玄室内で感じた感覚と、よく似ている。

石舞台古墳の被葬者は不明だが、崇峻暗殺の張本人、蘇我馬子の墓だと言われることも多い。崇峻を殺し埋葬を指揮した後、推古女帝を即位させて政治の実権を握ってゆく蘇我馬子の墓が石舞台なら、崇峻陵と築造方法が類似しているのは歴史的必然と言えるのかもしれない。

眼前にある丈高い石棺を懐中電灯で照らす。

巨大な家形石棺。聞いていたように、屋根のような棺蓋が重々しく乗っている。石の屋根が少しずれているように見えた記憶があるのは、光量が足りなかったのと、棺の正面に開けられた盗掘穴が視野に入ったための錯覚かもしれない。盗掘穴の存在は知っていた。

棺の中には何も残されてはいないはずだ。来る前は、盗掘穴から石棺の中を覗いて確認してみようと思っていたのだが、とうにそんな気は失せていた。一刻も早く外に出たい。地中の玄室の中は、人が長い時間を過ごせる場所ではない。

私より先に穴に忍び込んだ息子はというと、中の様子には特に関心もなさそうに、手に持ったスマートフォンを動かしてひとしきり石室内を照らしている。

私が用を済ませるのを、仕方なく待っているという様子だ。

私は息子に、もう行こう、と声を掛けた。

帰り際にもう一度石棺に懐中電灯を向けた。

石棺が黒く艶やかに光ったように見えた。

背後に漆黒の闇を残して、私たちは穴から出た。

盗掘者のような気分だった。

一人で来ればよかったという思いもあった。

だが、そうした漠然とした思いが、やがて本物の後悔へと変わることを、その時の私は知らなかった。来なければよかった、という微かな思いが、私の未来を痛烈に予告するものであることに気付くのは、もう暫く後のことである。

何も崇峻天皇に呪われたというのではない。

そんなことは毛頭思っていない。

ただ、人生にはよい巡り合わせと、悪い巡り合わせというものがある。

おそらく、何かが、うまく嚙み合わなかったのだ。

この奇妙な感覚を、残念ながら今の私はまだ説明できない。

崇峻陵への侵入も、この時ではなく、別の時期ならばよかったのかもしれない。

すべきではないことを、よりによって、すべきではない時にした。

そんなところかもしれない。

当時、息子は京都大学に通う四回生で、京都丸太町の熊野神社の前にある熊野寮という大学の学生寮で暮らしていた。

埼玉に住む私は、京都にいる息子を年に何度か訪れては、奈良や京都の名所探索の旅に誘い出すのを楽しみにしていた。

息子が拒むことはなかった。

崇峻陵探訪も、そうした旅の一環だった。

だが、飛鳥へのこの旅は、私たちにとって特別なものになった。

崇峻陵に一緒に潜った息子も、おそらく、自分なりに、何かを感じていたのではないだろうか。

息子が、学業や友人や親の存在の全てを一切放擲《ほうてき》して、京都大学熊野寮から突然失踪するのは、この崇峻陵侵入から、およそ十か月後のことである。

第一章　血脈

1

古墳や遺跡を巡り始めたのはいつの頃からだったろうか。

息子を連れて日本各地を経巡るようになった契機は、一体何だったのだろうか。

確たる答えはない。

だが、思い当たる節がなくはない。ある種の血の必然というものが、私をそこに導いたのではないかという気が、何となくしているからである。

日本全国のスキー場を巡ったり、ベトナムを南から北へと縦断してみたりと、かつてはその時々に流行する旅の形をそのまま踏襲していた。しかし、年を重ねると共に、『古事記』や『日本書紀』を片手に各地の史跡を訪れるような年相応の旅を好むようになっていた。

そしていつの頃からか、それがやや度を超して深入りを始め、北関東から関西、中国地方から九州に至る無数の古墳の墳丘に登り、石室に潜り込み、その内部構造にまで興味を持つようになってしまった。

こうなると少々たちが悪い。

そうした旅に子供を巻き込んで、こちらにその気がなくとも、ある種の強烈な価値観を強要することになる。

そればかりではない。

玄人《くろうと》ではないから、何かに寄与することもないまま、古墳や史跡に行く旅そのものが自己目的化し、そこに強く深く憑かれ、嵌《はま》り込んで抜け出せなくなるのである。

旅に憑かれ何かに固執してゆくこうした心性は、おそらくどんな人の心にも本来的に巣食っている欲望には違いないが、大抵の場合、日常的規範に根差す生活感覚によって、旅と日常との適度なバランスが保たれてゆくのが普通である。

私の場合はそこが少々異なっていた。

タガを外すことを必要以上に尊重する気風が、私の幼少期を取り巻いていたのである。日常的な調和を重んずる以上に、何かに憑かれ、何かに狂うことを心置きなく自らに許す形成期の環境が、今の私の、いや、もしかすると、私を作り上げている血脈の、奥深い場所に存在していたと言えるのかもしれない。

私の父は、常に旅に出ている人だった。

仕事がない時には、逆に鬱陶しいほど家に居続ける父であったから、その不在を寂しく思う心情は、まるで記憶にないのだが、事実として、私の父は旅を棲家とする珍しい種類の人間であった。

記録映画監督、前田憲二。

父は、朝鮮半島からの渡来文化を中心とする映画を作り続けてきた映画監督である。

長髪にして長い顎髭、数十年変わらないスタイル。

今やすっかり髪も髭も白髪化し、よく言えば仙人、悪く言えば放浪者の風貌となった父は、『日本の祭り』など数多くのテレビドキュメンタリー作品の制作を経て、五十歳を過ぎてから、終生のテーマである朝鮮半島由来の渡来文化に主題を定め、それを記録映画化する一連の試みに乗り出してゆく。

古墳と寺社の来歴から渡来文化の痕跡を探る試み（『神々の履歴書』一九八八年）、中国江南に発する農耕儀礼と、高句麗由来の北辰信仰《ほくしんしんこう》を軸に祝祭の渡来を追う試み（『土俗《どぞく》の乱《らん》声《じょう》』一九九一年）、放浪の旅芸人であるクグツ＝傀儡師《かいらいし》の系譜を遡行する試み（『恨《はん》・芸能《げいのう》曼荼羅《まんだら》』一九九五年）、大戦中の朝鮮人強制連行・強制労働の闇を暴く試み（『百萬人の身世《しんせ》打鈴《たりょん》』二〇〇〇年）、豊臣秀吉の朝鮮出兵の実態を辿る試み（『月下の侵略者』二〇〇九年）、腐敗する政府に対する朝鮮の民衆蜂起から、日清戦争に至る半島の歴史過程を描く試み（『東学農民革命』二〇一六年）というように、八十歳を超える現在に至るまで、三十年以上にわたり一貫して、朝鮮半島と日本との関わりにフォーカスして映画を作り続けてきた。その作品群は全体として、古代から中世、戦国時代を経て近現代に至るまでの、海の向こうから見た朝鮮／日本関係の通史を構成していると言えるだろうか。

上述した代表作のタイトルからも推し量られる通り、彼の人生は、まさに旅を棲家とする生涯であった。その日常は、映画のロケーションを中心として組み立てられていた。

ドキュメンタリーというよりは、まさに「記録映画」という呼称が適当な父の作品は、中国、朝鮮半島、日本列島各地の古墳、遺構、寺社、仏像、芸能、祝祭、種々の歴史資料を、実に淡々と、「物」の累積を意図するがごとく次から次へと見せてゆくという特質を持つ。そうした映画の手法に、若い頃の私はまるで興味が持てなかった。まだ私が二十代の頃、試写や封切直後の上映を見に行った際には、映像が開示する「物」の重層が、麻薬的な睡魔を招き、寝込んでしまうことも度々であった。

だがそんな手法に基づく映画であるからこそ、その背後には、ロケ隊と共に重い機材を持って撮影現場に飛び、言葉の通じぬ人々との果てしない交渉を経て、許された撮影を実現するという、途方もない時間の累積が存在する。それはいわば、旅によって生み出された映画に他ならなかった。旅なくして、私の父の記録映画は成り立たなかったのである。

2

一つの例を挙げてみよう。

『神々の履歴書』という、記録映画監督としての父の実質的な出発を告げる作品である。

一九八八年発表、父が現在の私と同じ五十三歳の時の映画である。

当時刊行されていた映画雑誌『キネマ旬報』では、文化教育映画部門の第一位を獲得している映画だが、まだ二十歳を超えたばかりの私にはわかりにくく難しい映画だった。正直ドキュメンタリーとしての魅力を感じることはできなかった。ただ、この太古の人間の営みを正面から取り上げた記録映画が存在しなければ、モダンで鋭敏な都会人の感性ばかりに魅力を覚えていた私が、未知に包まれた古代に眼差しを注ぐ機会は訪れなかっただろう。今のように、各地の古墳や古代の史跡を訪ねたり、『記紀』を手にしたりすることもおそらくなかった。もちろん、息子と一緒に六世紀の墳墓に潜ることもなかったに違いない。

言ってみれば、私と息子を、古代の闇へと導いた映画だということになる。

実は私は、この映画にこそ、父の映画の本質が凝縮的に表現されていると考えている。

私がこのような認識を持ったのは、当時の父の年齢に近付いた、ごく最近のことである。

「映画」それ自体ではなく、映画の作り手たちの行動を「言葉」化した、『神々の履歴書』

『神々の履歴書』パンフレット（題字・岡本太郎、装画・丸木　俊）

のパンフレットのある部分をぼんやりと眺めている時のことだった。

映画のパンフレットの中ほどの部分に、見開き二ページの「神々の履歴書　ロケーション地図」なる図像が掲載されている。日本と朝鮮半島の大きな地図の上に、主要なロケ地と、それら各ロケ地で撮影された主たる対象箇所が非常に細かい文字で記されている。

例えばこんな具合だ。

地図上、河内《かわち》地方に小さなドットが打たれ、それに対して取材対象の名称が非常に小さな文字で列記されている。

「土師《はじ》ノ里駅」、「辛國《からくに》神社」、「葛井《ふじい》寺」、「飛鳥戸《あすかべ》神社」、「金山媛彦《かなやまひめひこ》神社」、「上《かみ》ノ太子《たいし》」、「西琳《さいりん》寺」、「道明《どうみょう》寺」、「高井田《たかいだ》古墳群」、「誉田《こんだ》八幡宮」、「応神《おうじん》陵」、「野《や》中寺《ちゅうじ》」、「伝、仁徳陵（大山古墳《だいせんこふん》）」、「百済駅」、「杭全《くまた》神社」、「百済王神社」。

映画内では、これらのロケ地が、全く異なる順序で登場する。

例えば「土師ノ里駅」なら「土師器」制作技術の輸入、「辛國神社」なら「韓国」の異語、「金山媛彦神社」は渡来系鍛冶師の痕跡、「応神陵」は『記紀』における神功皇后・応神天皇の母子伝説、「杭全神社」は「百済《くだら》」読みの訛りなど、場所によって尺は異なるが、各々異なる文脈における朝鮮半島との深い関連性が映画では紹介されている。

事例として掲げた上掲のロケ地の名称は全て、映画内で映像が示された箇所、つまりロケ隊が実際に撮影に出向いた場所だ。

重要なのはその数である。

パンフレットに記載されたロケ地を示すドットを数えてみると、日本、韓国を合わせ総計一四二箇所。ということは、この一四二箇所の対象を、この映画のロケ隊は訪問していることになる。

これは容易なことではない。

ロケ隊を率いてそれだけの場所を巡り、撮影を実行するには、一体、どれだけの時間がかかるのだろうか。

考えてみると、この映画は、一四〇分の上映時間の間に、実に一四二箇所の取材対象を開示していたことになる。

映画の中では専門家への長尺のインタビューや、航行する船、渡来の舞などの挿入シーンも多いから、観客から見れば、一分に一箇所どころか、おそらくは三～四十秒のうちに初めて目にする土地の風景と風物を観察し、映画全体の文脈の中で理解・整理を行わなければならなかったことになる。考古学や古代史の専門家ならばともかく、素人の観客にとっては、これは大変な苦労である。当時の私がわかりにくい映画だと感じたのも無理ないことなのだ。

3

こうした特質は、実は『神々の履歴書』に限ったことではない。

「記録映画」は、記録する対象のもとに出向き、対象と共に時を過ごすことでしか成立しない。しかも大陸からの文化の移入を扱う映画であってみれば、ロケーションは、不断に移動を続けながら撮影対象を狙わなくてはならない。一本の記録映画の背後には、何か月、何年もの長い月日を、旅に暮らすスタッフたちの「日常」が存在しているのである。そうなのだ。

旅暮らしは、父の生活の基本形であった。旅こそが彼の「日常」であったのだ。

朝鮮半島と日本列島を不断に行き来することが家族の生活を支え、その度ごとの旅のクオリティが、生み出される作品の価値を決する日常を、父は生きてきたのである。

だとすればおそらく、幼い私もまた、そうした父の生き方を「日常」として受け入れ、旅を価値あるものとして咀嚼せざるを得ないような場所に住んでいたはずなのだ。

すでに書いたように、私自身は、父が家にいなくて寂しいと感じた子供の頃の記憶はない。だがもしかするとそれは、父の不在が私の生活の常態であったからかもしれない。その証拠に、父を旅へと送り出す瞬間と、旅から帰った父を迎える瞬間の記憶が、私の脳裏には強く刻まれている。おそらく、幼い頃の、日々訪れるそうした瞬間の連続が、旅に魅了され、それを日常の延長として捉えるような私の心性を自然な形で醸成していったのに違いない。さらにまた、一定の期間が経過する度ごとに、ゴールの歓喜と終末の悲哀が訪れざるを得ない感情の浮沈の激しい映画制作であってみれば、それに伴奏する人間の心に、安定的な社会生活を堅固に維持することよりも、むしろそれを壊し続けることへの密かな欲望を、徐々に芽生えさせていったとしてもおかしなことではない。

実際、私は安定というものを好まない人間に育った。

いつでも宙吊りであることを望んできた。

見通しも経たないのに、いつまでも大学院に籍を置き続け、何年も留年して、その傍らで仕方なく仕事をする日々を過ごした。

そして紆余曲折の挙句、最後は教師という職業に落ち着かざるを得なかった。

それもひどく中途半端な形で。

現在に至るまで私は、多数の大学や予備校の兼任講師として生計を立て、そうした時間の合間に、売れない本や文章を書くような生活を続けてきた。

比較的自由なフリーランスに近い身の上だが、それでも自らの時間を売って生きてきたことに変わりはない。それは、生活の維持と自己の能力を秤にかけた上での致し方ない選択の結果であった。

組織のために献身し、そこに埋没する自分の姿は、私にはどうしても想像できなかった。会社員になり、一定のサラリーを得て、安定した家庭を築き上げたいという強い願望は、私の人生に浮上したことがなかった。結果として、給与生活者として生きる年月も、それなりに長くはなったが、あくまでもそれは、自力で生きてゆく力を持たない者の、余儀ない選択なのであって、私自身が心から望んだことではなかった。今なおどこかで私は、現在の教師という職業を捨て、旅に明け暮れて生きる「日常」を、強く渇望する自分を見出して驚くことがあるほどなのだ。

映画監督の家庭で育ち、こうした心性が身についてしまったのは、何も私だけのことではない。

弟がそうだ。

私の弟は、私とは全く別の種類の生き方を選んでいる。

だがもしかすると、力ずくで映画制作を続ける父親のもとで育った私の弟も、そうした家庭の「犠牲者」の一人だったと言えるかもしれない。

国家公務員となった弟は、映画に取り憑かれた父親の生き方を忌避し、恐怖した。映画監督である父親の奔放な生き方や、過剰な自己顕示性を嫌った。

弟は、就職し家庭を持った後、父と袂を分かつ決断をした。

結婚式には招いたものの、妻と、二人の孫を、彼は父に会わせようとはしない。近くに住んでいるのに、家に招くことはない。

父子の結びつきを拒否している。

だが、きわめて歪《いびつ》な形で、彼は父親の影響を受け続けてもいるのである。

滑稽なことに、父を厭う弟は、私以上に、全国の古墳に潜り続けている。休みの日には、東京に家族を置いて、たった一人で、出雲まで車を走らせる人間なのだ。

年を取るにつれて、古代史に執着する悪癖は強まっている。地方を巡る職務の合間に、各地の寺社仏閣を巡り続けている。日本の神話についても私以上に詳しい。

おそらく、そこに確たる理由などない。

弟も、組織の中で、家族の中で、そしてどのような場所においても、どこか居心地の悪さを感じるところがあるのではないだろうか。

それは私と同じなのだろう。

言ってみれば、身に負った業病《ごうびょう》なのである。

旅に魅せられ、古代に誘われる血を、私たち兄弟は、父の生き方を通じて背負わされてしまっているのだ。

父親譲りの、逃避と逸脱と反逆を好む精神が、渾然一体となって、今なお息子たちの生命を動かしているのである。

だとすればそれは、失踪した私の息子にとっても、全く同様のことなのかもしれない。幼い頃から半ば強制的に、各地を経巡る父の旅に同伴させられざるを得なかった息子の心に、私が何かを植え付けなかったかと問われれば、それに確たる返答はできない。

彼の父や、彼の祖父は、彼の人生の選択に、大きな何かを与えてしまっているに違いない。おそらくそれは、そうした断ち切れない血の繋がりを、強く忌避するという形で、一層強く私の息子を拘束しているのではないだろうか。

それればかりではない。今となってみれば、息子は、ある種の「旅人」として生きる選択を必然とする、他の幾つもの条件に取り巻かれていたように思える。

そこにはたぶん、私や父にも想像し難い、彼に固有の心的環境が存在したはずである。

4

父と私、そして失踪前の息子が、京都で共に一日を過ごしたことがある。およそ三年前、私と息子が赤坂天王山古墳を探検する以前のことだ。

二〇一七年一月十四日、完成したばかりの父の映画、『東学農民革命――唐辛子とライフル銃』の、関西上映会第一日目が京都で行われることになった。

前作、『月下の侵略者――文禄慶長の役と「耳塚」』が、京都府東山区の豊国神社前にある「耳塚」を、映画全体を象徴する舞台としていたように、父の記録映画は、京都という場所と、もともと縁が深い。ちなみに「耳塚」とは、豊臣秀吉の命で行われた朝鮮出兵時に、倭軍武士への報償の目安として持ち帰られた無数の朝鮮人死者の耳や鼻を葬った石塚のことを指している。『月下の侵略者』は、近代になって「創作」されてゆく豊臣秀吉の列島統一者としての英雄像を、その根底から破壊する意図を持つ映画であった。

新作となる、日清戦争になだれ込む国際関係を作り出す朝鮮民衆の蜂起を描く『東学農民革命』は、京都にある人権団体の強い助力もあって、関西上映会の口火を京都で切ることになった。

たまたま設定された上映会場が、「キャンパスプラザ京都」という、京都にある多数の大学が様々な用途で活用する、京都駅すぐそばのビルであったことも幸いして、京都大学の学生寮暮らしが三年目になっていた息子も、祖父の映画を見に来ることになった。

当時の息子に、祖父の記録映画に対する特別な関心があったとは思えない。

息子は祖父の映画を少しは見ているはずだが、長尺の映画を、最後まで鑑賞していたのかということさえ、私には定かではない。それについての彼自身の感想を耳にしたこともない。

おそらく彼の意識の表層レベルでは、ただ自分の血縁が、商売として映画という厄介なものをやっている、という程度の認識ではなかっただろうか。しかもそれは、華々しく全国配給されるような劇映画ではない。何年も地べたを這いずり回って作り上げた挙句、旅芸人のように全国を漂流して上映し続けなくてはならない映画なのである。その中身も決して人を爽快にするようなものではない。底流する反戦思想には深く共鳴するが、同時にそれは、人をひどく疲れさせるものでもある。さらに、映画をどうにか完成させたからと言って、決して暮らしが豊かになるわけではない。豊かになるどころか、一本の映画を完成させる度に、借財が増えてゆく代物なのである。そんなものに、未来を生きようとしている若者が強く惹かれるはずもないのだ。

ただここで注釈を加えるならば、一つのテーマに時間を費やしてきた父の記録映画の世間的な評価は、必ずしも低いものではなかった。日本人に与えられることは珍しい韓国の玉冠《ぎょくかん》文化勲章を金大中《キムデジュン》から授与された過去や、韓国の放送局が、好んで父の映画を放送し、高い評価を与えてきた事実を書き加えておかなければ、父に対して少々公正さを欠くというものだろう。実際、初期作品の何本かが幾つかの賞を受賞してからは、前田憲二という映画監督へのメディアの関心は決して小さくはなかったし、新作映画完成の度に、全国紙がそれを報ずることは、一つのルーティーンにすらなっていた。

　問題なのは、血族への深い愛情に基づいて、そうした自らの生き方を、子や孫に開示することが、祖父の身体に染み付いた習い性になっていたことと、そうした祖父の執念深い自己顕示を、単なる個性の現れとして、自己から隔離し、放置しておくことができる頑強さを、あまりに繊細な孫が持てなかった点にあったのかもしれない。

　実際、旧作の上映会や旅行を含め、祖父は、京都に行く機会を捉えては、頻繁に孫に会おうとした。また、孫を京都から呼び寄せることもしばしばだった。祖父から見れば、出来のよい、期待の孫であったことは疑いない。その愛情の深さは、傍から見ていて少々危ういものがあった。もしかすると、父親が息子に対して抱く以上の感情であったかもしれない。端的に言ってしまえば、老いて死と対峙せざるを得なくなった者が、永劫に続く血脈へと、存在の意味を委ねようとするかのような執着が、そこには感じられた。

　不思議なことに、素直にそれに応えようとする孫の姿もそこにはあった。

　京都に住む父の後援者の自邸で、プライベートな旧作の上映会が行われた時など、息子は一人のこのことそこに出かけて行って、食事まで御馳走になり、大学の教員らを中心とする参加者たちと賑やかに酒を飲んで寮に帰ったらしい。いくら頼まれても、私なら絶対に行かないような、父の個人的な人脈からなる会合である。もう忘れてしまったが、その時、父の頼みを仲介したのはおそらく私で、そうした父親や祖父の依頼を、孫は果敢に断ることができなかった。私が京都に行かない時であっても、祖父と孫との間にはそのような繋がりがあった。

もしかすると、過分な負担を押して祖父に付き合うナイーヴな孫の遠慮と気遣いが、そこにあったのかもしれないと思うのだが、実のところ、人間というものは、それほど単純なものでもない。この息子に、父であるこの私の所有しない、祖父から引き継いだとしか思えないような性質があることに気付かされたのが、『東学農民革命』京都上映会の当日のことであった。

夕方から行われる二回目の上映に現れた息子は、東京から日帰りで駆け付けた私と一緒にその映画を見た。

私自身、完成作品を見るのはその時がはじめてだった。

この映画において、資料収集など、父の映画制作にはじめて参加した私から見ても、明治期の込み入った朝鮮半島情勢を、初見ですっきりと理解することは容易《たやす》くなかった。ただ、映画の作り方は意外に丁寧だった。日本と中国の狭間で行き場を失ってゆく朝鮮民衆の鬱屈が、大国の派兵の動機と口実を生み出すべく巧みに利用されてゆく同時代的な文脈が、正しく跡付けられている映画であった。

息子がその映画をどう見たのか、また、息子とその時何を話したのか、残念ながら、私には上映会場での記憶はほとんどない。深い関心を示していなかったことは確かだ。

上映終了後の片付けを手伝い、打ち上げ会に行くまでの数時間を、一緒に過ごしたはずだが、彼の印象があまり残っていない。覚えているのは、彼の住む寮での生活ぶりについて少し聞いたことくらいだろうか。あまり大学に通わず、怠惰な生活を送っていることが徐々に露見しつつあった時期のことだから、おそらく息子としては、私の言いつけ通り祖父の映画上映会に顔を出し、殊勝な顔を見せてその日を乗り切ろうとしていたのではないだろうか。

その時気になったのは、息子の見せるある種の調子のよさであった。

大学に通い始めて三年、いまだに息子の中に、こちらに訴えかけるような強い情熱や痛苦のようなものが、何も感じられないことが、不安と言えば不安だった。それを、世代の差と言ってしまえば、そんなものなのかもしれない。未来に向けて、何を始めればいいのかわからず漂流する若い時間は、私の場合も長かった。だが、息子の場合、未来という時間そのものがまるで見えていないようだった。好きな女性でもいい、のめり込む趣味でもいい、何か夢中になることを見つけていてほしかったが、そんな様子はなかった。一方で、血族へ向ける忌避感のようなものも、息子が露わにすることはなかった。そこが、かつての私とは違っていた。

5

会場の後片付けを終え、上映を主催・後援していた京都在住の人々が、一斉に打ち上げ会場に向かうことになった。京都駅の南口に広がる、知る人ぞ知るディープなゾーンに位置する、韓国料理店である。

日本ではいまだ充分に「歴史」化されていない、朝鮮半島近代の闇を照らし出す作品だったから、後援者は必然、在日韓国人が多くを占める。映画を見た後打ち上げにまで残留した二十名ほどの参加者のうち、七、八割が在日の人で、残りが日本人だったのではないだろうか。無論東京から来た私にも、うっかり顔を出した息子にとっても、初対面の人間ばかりであった。人権団体の運営者や弁護士、研究者や建設会社の経営者など、父の映画に関わる集団は大抵の場合、一癖も二癖もある人間ばかりなのだが、その時の構成も同様で、下手に触れると熱気で火傷をしそうな温度の高い面々が揃っていた。

酒の飲めない私は、対話を深めることが難しい初対面の人間たちの会合が昔から好きではない。殊に、人が気炎を上げがちな打ち上げの場所など、日頃から極力忌避して生きているくらいである。一方で、父を中心としたそのような場に出ることは、物心ついた頃から繰り返されてきたことでもあり、自然に身体が馴染んでしまっている面もある。気付かぬうちに私は、在日韓国人の建設会社の社長と意気投合して話し込んでおり、その場に息子がいることを忘れていた。

翌日の日曜日にたまたま仕事があった私は、その日、どうしても新幹線の最終電車に乗らなければならなかった。思わぬ時間の経過に気付いてふと脇を見ると、すでに酒に酔って顔を赤くした息子が、気分よさそうに隣席の京都人と土地の話をしている。彼の口調は滑らかだった。無理をしている風には見えなかった。

私自身の性質から推し量って、息子にとって、馴染みのない人々に囲まれた酒宴など苦痛そのものなのではないかと思っていたのだが、どうやら必ずしもそうではなかった。一足早く退席する私と一緒に寮に戻ればいいと思っていたが、そんなことを心配する必要のない年齢になっていることに気付かされたのである。そういえば、寮では宴会も多く、大学の友人と酒を飲むことも度々だと言っていたのを思い出した。

座の中心となって、文字通り気炎を上げている高齢の父のことを、少し離れたホテルまで送り届けてくれるように息子に頼み、私は一足早く韓国料理屋を出た。息子はそこに残されることが嫌そうではなかった。本心はわからない。だが、むしろ父である私より祖父に似て、そうした酒宴の席での社交を好む傾向を持つ人間であるかのようにすら感じられた。それまでに大勢の中で息子を観察する機会はなかったので、私は見たことのない息子の姿を見たような気がした。頼もしくもあり、また、不思議でもあった。

感慨に耽る間もなく、すぐに京都を去らなければならない時間が来た。

話し込んだ在日三世の若い建設会社社長に見送られ、韓国料理屋を出ると、街路には雪が降り積もっていた。

京都には珍しいほどの積雪だった。

酔った父と息子とを店に残し、素面《しらふ》の私は、革靴で雪を踏んで京都駅へと急いだ。

第二章　失踪

1

手紙が一枚残されていた。

ルーズリーフに青色のボールペンで走り書きしたメモ書き。

泣きはらした元妻が、私にそれを手渡した。

当人はすでに逃げ出していた。

一読してそれを鞄にしまい、元妻と暮らす男と一緒に、辺りを探してみることにした。

私が来ることは知らせていなかったらしい。息子は私が来ることを到着直前になって知り、私に会わないようにするために着の身着のままで逃げ出したのだ。夜九時を回っていた。新幹線でも京都まで一時間以上はかかる。今日はもう、京都に戻ることはできないだろう。もっとも、戻るつもりがあるのかどうかは知らないが。

電話をもらった後東京で仕事を終え、すぐに新幹線に飛び乗った私を駅まで迎えに来たのは、元妻の恋人だった。元妻と恋人では息子と話が全く嚙み合わず、そればかりでなくなんだか様子がおかしいので、私に来てほしいとのことだった。私の到着を息子には内緒にしていて、直前になってそれを告げると、息子は待ち合わせ場所の駅まで一緒に来ることを強く拒んだ。元妻が息子の身体を摑んでどうにかアパートに留めて置く間に、車に乗った男が私を駅まで迎えに来ることになった。しかし息子は私が来る前に部屋から逃げ出すと決めたようだ。息子は無表情のまま、元妻に言わせれば「まるでロボットのような」冷淡な表情で、私宛の手紙を立ったままさらさらと書き出し、全力で足にすがって「もう会えないの、もうこれが最後なの」と演歌でしか聞いたことのないような言葉で絶叫する母親の手を暴力的に振りほどいて夜の闇に消えたらしい。

私がアパートに着いたのは、彼が逃げ出してわずか十分程度あとのことだったようだ。それでもあきらめず逃亡したというところに、息子の強い意志を感じる。それとも私に会ったらまずい理由が、何か彼の側にあったのかもしれない。

一旦アパートを出て、男の車で近くのコンビニエンスストアを回る。駅までは遠く、周囲には他に立ち寄るような店もない。移動しながら、暗い夜道を一人で歩いている若者の姿を、目を凝らして探すが見当たらない。私を東京から呼び寄せた責任を感じているのか、あるいは、半ば心を病みつつある伴侶の苦しみを思っているのか、男の方が必死だった。私にはすでに息子とは会えない予感があった。

「ニットの帽子をかぶり、黒っぽい服装をした背の高い若者が来ませんでしたか」

男は立ち寄る店ごとにカウンターで聞く。

芳しい返事はない。

考えてみれば、私より男の方がずっと親密に息子と接してきているのだ。正確に知らないが、おそらく五、六歳の頃から、息子の大学入学前まで、十年以上にはなるのだろうか。望んだことではなかったが、息子と私が一緒に暮らしていたのは、息子が幼かったせいぜい三〜四年のことに過ぎない。

月に一度か二度、離婚調停とやらによって署名させられた証書に従って、私は息子と会い、細い絆を辛うじて維持してきた。月々の金を間違いなく振り込むことによってようやく保たれてきた関係だった。

それでも、その「契約」を何よりも大事なものに思っていた私は、息子と別れてから、彼が成人するまでの十五年間以上、交わした約束を無効にしたことは一度もなかった。

やはり息子は見つからなかった。

住まいから相当離れたところまで行って探すが、息子の痕跡は摑めなかった。

アパートに戻って元妻とその連れ合いの話を聞く。

物がたくさん置かれ雑然とした、十二畳ほどの広さのリビングダイニングに私は通された。

息子が十九歳まで十五年以上過ごした場所だ。

中まで入ったのははじめてのことである。

そのアパートの入り口までは十年以上前に一度だけ来たことがあった。

離れた場所に住んでいた息子と私は、東京にある私の自宅や実家、あるいはその度ごとに異なった地方を訪ねるなどして、毎月一、二泊して一緒に過ごすことを常としていた。だからある意味では、昔から共に日本の各地を放浪する父子の旅人であったのだが、自分の欲望とは関わりなくいつでも予期せぬ場所に連れ出される日常は、息子の側から見れば、自分が大人の都合でたらい回しにされる人間であるという思いを強く植え付けられるだけのことだったのかもしれない。父と母の都合に振り回されることが常態化した子供が、どのような鎧《よろい》で自分を守って生きてゆかなければならなかったかを思うと心が痛む。小さな彼はその度ごとに与えられた環境に順応しなければ生きてはいけなかったのである。でも同時に、大人は彼を守り育てるために、もう二度と、背負った運命を投げ出すことはやめようと誓いながら、考えられる限りの繊細な工夫をしなければならなかったのもまた事実である。

ある時、確か浜名湖の温泉に小さな息子と連れ立って一泊旅行に出かけた折だっただろうか。私たちはたまたまその時四人だった。私たち一行を見て、幸せそうな三世代の家族だと思ったのかもしれない。旅館の女中さんに、どこから来たのですか、と尋ねられ、思わず絶句したことがある。私と息子、私の母、そして当時私が交際していた病弱な恋人は、各々が全く別の場所から浜名湖に来ていたのである。どこから来たかと問われれば、四人全員が別々に答えるより他になかった。もちろんそんな煩わしいことを説明する必要もないから、なんとなく私の恋人は小学生の母を装い、息子は子を装った。しかし考えてみれば、息子にとってはむしろそれが日常であったのかもしれない。

やはり息子と二人でどこか遠方に旅に出かけ、息子の住む土地に戻ってきたある時のこと。おそらくたまたま母親の都合が悪く小学生の息子を駅まで迎えに来る時間がなかったのだろう、私が頼まれて息子を彼の住むこのアパートまで送った。

息子がどんな場所で暮らしており、私以外の父親代わりと言っていい男を交えてどのような日常を送っているのかが気になって仕方なかった小学生時代のことだったから、私の心は波立った。離婚以来、そんな機会は一度もなかった。もちろん新しい生活を始めて間もない息子の家庭に干渉するつもりはなかったから、部屋の中にまで入り込むつもりはなかった。でも、ドアを開けて中の様子を見れば、彼らの暮らしぶりはわかる。部屋に着くと、息子は私と旅行先をさまよっている時よりも、ずっと寛《くつろ》いだ表情を見せた。母親が帰ってくるまで待っているんだぞ、と声を掛けると、頼もしい笑顔を見せた。それは寂しいことだったが、同時に私は嬉しかった。玄関のすぐ正面には冷蔵庫が置いてあり、そこに、元妻の伴侶、息子の新しい父のような存在となった男の白黒写真が磁石で貼ってあった。いつから息子と一緒住み始めたのか知らなかったが、息子に暴力を振るうことのなさそうな、穏やかな表情をした若い男の横顔がそこにあった。私は、何か肩の荷が下りた気がした。元妻は、その日私が息子をアパートに送り届けることを知っているはずだった。

2

十数年ぶりに訪れたかつての息子の住まいで、元妻と男からそれまでに何があったのかを詳しく聞いた。電話である程度聞いていたことでもあったが、それは不可解な物語だった。

京大の理系学部の五回生となっていた息子は、私から逃亡したその時点、すなわち二〇一九年三月十六日においてすでに、少なくとも半年以上は行方知れずになっていた。姿が見えなくなったのは、一緒に赤坂天王山古墳に侵入してから十か月ほどが経過した、二〇一八年の夏頃のことである。

私自身、二〇一八年の春頃から、連絡が取りにくくなったことには気付いていた。

母親も息子の行動の変化に疑念を抱いていた。

二〇一八年の夏になって、学生寮にいるはずの息子と完全に連絡が取れなくなったことを知った母親は、大学に連絡し、警察に失踪人届を出し、自らの足で何度も京都に出かけ捜索を始めた。

学生自治を掲げて、国家権力からも学生の独立を守り匿《かくま》おうとする傾向の残る京都大学熊野寮内部に、機動隊のように踏み込んで息子の友人や同室の人間から話を聞き、当人の意志がわからないから受け取れないという「休学届」を大学に受理させようと努力し、息子の行方を摑みその未来を支えようとしていた。月に一度、息子とどこかに遊びに行っていればよかった私とは違って、手を掛けて育てた息子を、まっとうな学生に軌道修正させたい、大学を卒業させたい、という思いが強かったのだろう。

だが情報をいくら集めても息子の行方はわからなかった。母親の心配を察して、知っていることを洗いざらい打ち明けてくれる友人もいたが、学生寮には、息子のことを庇《かば》って親に何かを秘密にしている人間がいてもおかしくはなかった。

私にも母親にも、息子が姿を消す本質的な理由がよくわからなかった。

だが兆候がなかったわけではない。

大学に入って二年目の年、突然カード会社から母親に連絡が来て、息子の使った金の返済が滞っているから払ってほしいという督促があったと連絡を受けた。もう成人しているので関わるべきではないと思ったが、話を聞くと大学に全く通っておらず、無駄に地方を転々としているなど素行があまりにも怪しいらしい。母の愛と言うべきだろうか、その時、母親はどうにか息子の行先を探し出し、関西まで出かけていって息子を捕まえ、金にルーズな点と、親に連絡しないことの非を問い詰めた。私はその時、息子の性根《しょうね》の部分に、放浪と放蕩を好む面があることを察した。それは、血筋とも言える私の体質や、彼が余儀なくされた幼少期の生活に由来しているのではないかと思った。

元妻は、私が息子と会って話すことを望んだ。

私も一人息子と縁が切れることを望まなかった。

親と連絡が取れなくなって平気な心性に対する怒りもあった。

私も京都まで行き、息子を叱責した。息子は激しく泣いた。それまで一度も見たことがないような自分を責めるような泣き方だった。

私はその時、息子のことを本気で叱ったのが、息子が中学生の時以来、人生で二度目だということに気付いた。東京から母親のもとに帰宅する息子が、新幹線のホームまで見送る私を一瞥もせず、漫画に目を落とし続けていることを叱責して以来のことだった。寂しさの表現であることはわかっていたが、私自身も寂しさをこらえかねていた。もう少し、小さい頃から、息子のことをちゃんと叱ってやるべきだったのかもしれない。だが、月に一度しか会えない父に、息子を叱る資格などなかったのだ。

その後息子は態度を入れ替え、飲食店のアルバイトを辞め、毎日寮に戻り、表面上は学業に身を入れ始めたように見えた。

私は定期的に京都を訪れ、彼の表情を見た。京都での父の映画の上映会も、その延長線上にあった。たまには寮生活や授業の話もすることがあり、年齢を重ねて落ち着きを取り戻すのではないかと思っていた。だが一方では、父や私同様に、息子が社会にうまく馴染めず、自分中心に世界を眺める気質を持っていることにも気付いていた。自分が生きる居場所を、まだうまく見つけられていないのではないか。おぼろげながら、そんな思いもあった。いずれにせよ、息子はもはや、自分の道を自分の力で切り開いてゆかなければならない充分な年齢になっていた。その環境もある程度揃っていた。そんなところに期待する気持ちの方が、私の中ではずっと強かった。

今考えるとおそらく、息子はその後も大学にはあまり真っ当に通っていなかったのだろう。失踪後何度か大学と交渉した母親によれば、大学は当人の了承がないと取得単位を開示しないらしく、本当のところはよくわからないのだが、五回生になっても卒業の見込みはまるで立っていなかったのだと思う。進級につれて卒業から遠ざかる自分の立場に危機感を覚え、なおかつ、大学を辞めて果敢に別の道を選び取る勇気も持てずにずるずると日々を過ごす中で、生きることへの不安が募ってゆく過程は、大学という場所に何年も籍を置き続けた私にはある程度わかる。だが、大学に残って日和見的に学業を続けるという選択肢も、彼の中には全くなかったのだろう。理数系科目が得意だからと言って、理系学部に進んだことも彼の資質から見て失敗だったのかもしれない。

息子からは何の相談もなかった。

彼が二十歳を過ぎてからは、別れ際や電話を切る際に毎回、何か困ったことがあれば言え、という言葉を掛けるようにしていた。

だが彼は何も明かさなかった。

もっとも私の言葉は、自分で決めるべきことは自分で決めるしかない、という意味を含んでいることを息子は知っていたと思う。

息子は債務を残して消えた。だがそれは知り得る限り、およそ失踪の原因とはなりそうもない額だった。私が学部学生時代にしていた借金額の、数分の一程度のものだった。

友人との小さなトラブルなどもあったようだが、姿を消す決定的な理由にはなりそうもないことのように思えた。

卒業や就職といった未来の不透明さに加えて、生活の細部に蓄積した複数の問題が息子を苦しめていたのかもしれない。だが、彼はそれを、私を含めて誰にも明かすことはなかったし、本当のところ、息子がどのような場所から逃げ出すことを決意したのかは誰にもわからなかった。

荷物を残したまま寮から忽然と姿を消し、連絡を絶った息子の捜索は難航した。

母親は友人関係を辿り、寮に溜まっていた息子宛の郵便を開封した。

手がかりが皆無というわけではなく、どこかで生きていることは察せられた。

祇園で偶然姿を見たという友人の声もあった。

失踪届を出してから暫くして、突然母親に警察から連絡があった。

息子が警察に保護されたという。

話によると平日の昼間、缶ビールを飲んで酔い、たった一人で、鴨川の川辺で横になって熟睡していたらしい。寝ているのが一見ホームレス風の人間ではなく、年若く学生に見える青年で、身なりもきちんとしていたからだろうか、眠りこける様子があまりにも周囲から浮いて不自然だったために、付近の住人に通報され警察に保護されたのである。

警察が荷物を調べると鞄の中からはクリーニングに出した水商売風の服装だけが出てきた。調べても公共の面前で熟睡していたという点以外怪しいところはなく、事件性がないので本来保護する必要もなかったのだろうが、失踪人届けが出されているので、警察署まで連れてゆき母親に連絡をしたというわけだ。

母親が頼んでも、警察にはそれ以上成人した息子の自由を奪って警察署に留め置く理由はなかった。母親は仕方なく警察から受けた電話で息子と話し、一時帰宅するという確約をさせ、その言葉を信じて電話を切った。ところが息子は再び京都の町に消え、それきり自ら母親の前に姿を現すことはなかった。

母親はその後もあきらめず息子の情報を集め彼の行方を追った。

ある時、京都に行く折に、電話で私の父方の先祖の墓の場所を尋ねてきた。

最初はその意図がよくわからなかった。

私の父は、大阪新世界に近い阪南町の繁華街で生まれ育ち、戦後東京に出て、劇団主催者、テレビディレクターを経て、映画監督となった。その父、私の祖父は、職業軍人となる前、若い時分は京都でお茶の生産に関わっていたらしい。墓所は京都にある。私がかつてそのことを話していたのだろう。元妻が、私自身も父もほとんど行ったことのない私の先祖の墓に参ろうとするのは、私の血族から幼い息子を奪ったことへの罪意識があるからのようだった。万策尽きて、神頼みのような心境だったのだろう。私はその心理に恐怖に近い違和感を覚えたが、問題をこじらせるのは避けようと思い、新田辺にある祖父の墓所を父に聞いて教えた。

私は、息子が生きていればよい、とそれだけ願っていた。

自らの意志で姿を消したのだから、母親のように、息子のことを積極的に探そうという気持ちはなかった。放擲したものの責任は、自らで負うしかない。何かを背負うことが生きることと同義であることを、自ら知るしかないと思っていた。そして何を背負うかは、自分自身で決めればよい。

息子が私から逃亡した二〇一九年三月十六日、その数日前から、元妻とその恋人は休暇を利用して、息子を探すべく京都に出かけた。そして祇園で見たという友人の証言を頼りに、祇園界隈を終日探し回り、夜は夜で祇園にあるコンビニの前で、四日間連続夜通しの張り込みをした。

張り込みが四日目となる深夜、母親の願いが通じたのか、奇跡が起こった。

偶然にもそこに息子がふらりと立ち寄り、二人は息子の身柄を確保することができたのだ。

だが、息子の様子がおかしかった。

二人のもとを立ち去ろうとする息子の手を強引に引いて、宿泊していたホテルに連れ帰り話を聞いても、まるで要領を得ない。

息子は、もう全ては終わったことで、何を話しても無駄だという態度を崩さなかったらしい。

というより、返答はするが、感情の籠った真率な反応が息子から返ってくることはなかった。母親の心の痛みはまるで届かず、気持ちの交流は起きなかった。そもそも張り込んだコンビニ前でおよそ一年ぶりに息子の姿を発見し、その腕を捕らえて思わず泣き叫んだ母親に対しても、彼は一切心を動かさず、平然とした顔で応対していたということなのだ。

翌朝、困り果てた元妻は、息子を自宅に連れ帰る新幹線の中から私に電話した。

仕事中だった私は、夜に向かう約束をし、最寄りの駅に息子を連れてくるという元妻と待ち合わせた。私が待つ駅に連れ出されるのを嫌って、息子はアパートからの逃亡を図ったのだ。私が突然彼らのアパートを訪問する手はずにしておけばよかったのだが、悔やんでももう遅い。

3

離婚調停が始まる前、まだ幼稚園児の息子と共に実家に戻った元妻は、当初、私と息子を会わせることを好まなかった。私は一人息子とどうしても離れたくなかった。離婚を望んだ妻は調停を提起した。双方に決定的な瑕疵《かし》がなかったから、養育費と面会日についても応分の取り決めが行われた。私が親権者となり、妻が監護権者となって、妻が私の姓を名乗りながら実家のそばで息子を育てることになった。結果的には、それが私と息子の細い絆を守ることに繋がった。私は忍耐強く養育費を払い、息子と会い続け、そしておそらくそれが、息子を混乱させる原因を作った。息子は私の決断に与《あずか》って生を受けた人間であり、元妻の心が離れたとしても、息子の生への責任の一端を負っている以上、私が続けたことは間違っていたとは思わない。しかし悲しいことに、そうしたやり方が、子供に、家族というものに対する不安定な心理を生み出すことも必然だった。

月に一回の面会では、無為に流れる時間の中で、言葉にならない何かを伝えるという親子にとって最も重要なコミュニケーションができない。いつでも帰りの新幹線の時間を気にしながら過ごし、時間が来ると別れてゆく親子の関係の寂しさは、それを何年も続けた者にしか決して理解できない。私や、私の父母は、あくまでも息子の友人、遠い親戚の役割であり、息子の日常に、そして成長に、本当の意味で関与することはできなかった。

しかし同時に、父である私や、映画監督である祖父の存在は、息子の価値観や生き方に何らかの影響を及ぼさずにはいなかったに違いない。離別したからこそ一層、祖父母は孫を溺愛し、彼に期待した。また限られた接触であるからこそ、私にもそういう面があった。息子もそのことは感じていただろう。

いずれにせよ、息子はその幼少期から、二つの言語を話すことを強いられていた。言葉がなくても満たされた両親のいる家庭というものを知らないまま、父母それぞれと語る二つの言葉を使い分ける術を身につけねばならなかった。文字通り、翻訳し難い二つの言語を使いこなすことが、幼い彼の生を支え、そしてそのことが、現在の彼の生き辛《づら》さを生み出していったに違いない。

祇園で発見された息子は、母親に本当のことを話そうとはしなかった。

その時、息子を捕まえ自宅に帰還させた元妻と男の言葉は、息子に通じていなかったのだと思う。

彼らはおそらく、息子と別の言葉でしゃべっていたのだ。

そしてどこかにその自覚があったからこそ、母親は新幹線の中で私に電話してきた。

落ち着いたら、大学を辞めて父親のそばで暮らせばいい。元妻はそんな風にも考えていた。血の繋がる息子の中に、「他者」がいることをはじめて悟ったのかもしれない。

といって私は、自分が元妻以上に息子のことを理解できているなどとは思っていなかった。

息子は元妻によく似ており、私には翻訳不能な相互理解がそこにはある。

ただ、その時は、私の言葉が必要だったのかもしれない。

そんな気がする。

今思うに、息子が逃げたのは、その時、私の言葉が、彼と通じ合うことを恐れていたからなのではないだろうか。あるいは、自分の言葉が、私に伝わってしまうことを恐れたからではないだろうか。

たぶん、息子は自分の言葉が私に通じることを知っていた。

だから私に手紙を書いて逃げた。

足にしがみつく母親を見下ろしながら、ものの数分で。

およそ京大生とは思えない稚拙な手紙を。

だがその言葉には溢れるような感情が籠っていた。

「ロボット」の言葉ではなかった。

もしかすると、息子は病んでいたのかもしれない。

手紙を書いた息子の考えた通り、他の誰にも翻訳することができない私宛の文言を、私は息子が書いた通りに読んだ。

そこには、迸《ほとばし》る血で書かれた文字があった。

親父へ

本当に申し訳ありません。

もうそれしか言えることがありません。

親父の事は好きだったし、今でもそれはかわりません。

でもあなたと会うことを考えると本当に頭がどうにかなってしまいそうです。

罪悪感なのか後悔なのかは分からないのですが、本当に死んでしまいたくなるのです。

前回、「生きたいか」と聞いてもらって「はい」と答えたと思いますが、今はもう分かりません。

生きたいかは分かりませんが、それでも目の前の苦しみからは逃げ出してしまいたくなるのです。

なさけない息子で申し訳ありません。

第三章　箸墓《はしはか》

1

人間には人生の中で自己の存在をかけた重大な選択を迫られる局面が何度かある。

私がはじめて自己の生をかけた決断を迫られていると感じたのは、受験でも進学でも就職でも親からの独立でもなく、息子がこの世に生を受けた瞬間であった。もしかするとこれは、息子を産んだ元妻にとっても同様だったかもしれない。

私はまだその頃、奨学金をもらって東京の私立大学の大学院に通う大学院生であった。すでに親からは独立して自活しており、学業を続ける費用や生活費は自力で工面していたものの、家庭を持ち子供を育ててゆく経済力は到底なかった。

元妻のお腹の中に生命が宿った時、正直、困ったことになったという気持ちがなくはなかった。子供を育ててゆく能力がないことはわかりきっていたし、自分の家族を持つということに対しての漠然とした恐怖もあった。

ただし、岐路に立たされてその選択に心底悩んだということではない。不安や恐怖を抱きながらも、すでに与えられた生命を、なかったことにして生きてゆく自分の未来は、その時、全く想像できなかったからだ。ひどくうろたえながらも、子供を授かり家族ができることに、心のどこか深い部分で喜びを感じている自分がいたことを今でもはっきりと覚えている。

もちろん、結婚の許しも得ていない私と元妻にとって、問題は山積みだった。当然、うまくやれる自信もなかった。実際、うまくやれなかったからこそ、その後離婚して子供と別れざるを得なくなるわけなのだから、その時の選択が正しかったなどとは言うことはできない。だが不思議なことに、その時の私の結論は明快だった。子供を授かった自分の運命を受け入れて生きてゆく。それがまだ若い私の決断だった。他の選択肢はなかったのだから、厳密な意味では、それは「選択」ではなかったのかもしれない。ただ、大きな失敗の可能性をも内包する自分の運命を、存在をかけて引き受けてゆくという決定《けつじょう》の瞬間が、当時の私の中にはあった。そして幸か不幸か、元妻の考えも私と全く同じだった。彼女も、ほとんど迷うことがなかった。若い二人は子を産んで生きてゆくことを決め、取り返しのつかない未来の「失敗」に向けて、大いなる一歩を踏み出したのである。

今思えば、元妻の決断は、私の決断以上に勇気のいることであったのかもしれない。なぜなら、彼女は当時まだ大学の三年生で、卒業までの充分な単位すら取得できていない時期であったからだ。ある意味でそれは、自らの前途に開かれていた無限の未来が、瞬時にして奪われることですらあったかもしれない。まだ大学を卒業していない二十歳の女性が、あらゆることを差し置いて子を産むことは、並大抵の決意ではなかったと思う。

彼女は出産と共に、大学を卒業することもあきらめなかった。マタニティドレスを着て大学に通い続けることを、自らに課したのである。元妻の大学四年は、妊婦としての学生生活となった。一つの大きな「社会」である大学には、時にそうした学生はいるものだが、それでも、お腹が大きくなるにつれて学内で徐々に有名になってゆく自分に耐えながら、彼女は卒業に必要な単位を取得し、出産と大学卒業を立派に両立させる。その逞しさは、見事と言う他なかった。

実のところ、離縁した男と女というものは、この世で最も言葉の通じない、最もかけ離れた場所にいる存在だという一面がある。離縁以来、元妻に対して私には常々そうした思いがある。事実、離婚してからというもの、互いの生活のことにはほとんど関知していない。息子を通じて以外の私たちの接点はほとんどない。

ただ不思議なことに、かつて子供を産む決意をしたことについて、それが自己の人生における重大な決断であり、その決断に必ずしも後悔していないという点で、私は、元妻と辛うじて同意し合える気がしている。そんなことを直接尋ねてみたことはない。本心はわからない。しかし、折に触れて感ずる彼女の姿勢を通じて、それはほとんど疑いないものである気がする。息子の失踪後、そうした印象は深まっている。それは、結婚生活と子育てに「失敗」した共犯者が、互いにシンパシーを抱いているのとは違う。目下私たちの眼前にある大きな苦しみを目にしてすら、過去における重大な決断の瞬間に、自己の選択を間違えなくてよかったという、実に不可解な感慨なのである。多分この感覚は、どのようなあり方であれ、息子が「存在」するということ、それ自体を、心から祝福する、父母以外の他の誰にも抱くことのできない特異な感情と通底するものではないかと思う。もちろんこうした感情は、子供がどのような未来を選び取ってゆくかという、子への期待感とも深く関わっている。だが同時に、子供の「存在」を通じて浮かび上がるこうした感情は、子供の「存在」と拮抗する、父母の役割を超えた「私」の存在に目を開かせるものでもあると思う。

2

息子が全てを捨てて消えた後、暫くはその直接的な原因を考えてみる時期があった。借金、薬物、精神疾患、失恋、洗脳。

元妻から聞く限り、失踪の直前には、息子はそのどれもが当てはまりそうな不安定な兆候を見せていたらしい。私には、そうした決定的な原因に明確に依拠する痛苦を、失踪前の息子の内部に見出すことはできなかった。もちろん大学進学以降も、やり取りする頻度は母親の方が格段に多く、また、失踪後に息子を捕まえその不可解な様子を実際に観察している点から見ても、母親が強く危惧するような状況が、彼の背後に存在する可能性はあると思う。その点は、私にはわからないというしかない。

ただ息子の残した私宛の手紙を読み、時間が経過するにつれて、たとえそうした直接的な要因が、何らかの形で彼の行動を強く支配しているにせよ、究極的には、息子の行動は他律的なものではなく、彼自身の選択と決断と関わっていると考えるようになった。少なくとも生存というレベルで考える限り、息子には、何かを告白したり、救援を求めたりするチャンスがあった。しかし、彼はそれを選ばなかった。

たとえ絡み合った事情が潜在するにせよ、息子は、自分が導かれ、また、自ら築き上げた一切のものからの逃亡を選択した。実感に即して簡潔に言えばそれは、学業や不透明な未来というものに嫌気がさして放擲したということなのだろうが、当人に明確な意識が存在するかどうかは別にして、そこには無論、父母からの逃亡と、自己への期待からの逃亡というものが、重要な因子として含まれていると思う。そして、失踪という行動が、やはり何らかの欲望に促されているのだとしたら、息子の失踪には、血脈からの逃亡、ある種の生き方からの逃亡という、眼に見えない強い欲望が深く関わっているのではないだろうか。おそらくこれは、それを何よりも強く希求する欲望と表裏をなしている。現在の率直な思いとして、私は、息子は私から逃げたのだと感じている。彼が残した手紙は、そのことを裏付けている。そしてある意味で息子は、失踪行動を通じて、私自身に「私」なるものとの対峙を迫ってきたのだ。これは、彼の意図しなかった私へのメッセージである。

親から、血脈から、そして私から逃亡を図った息子の選択の核心に、そうしたものたちとの離別の欲望が横たわっている限り、彼を探し出そうとする行為にはあまり意味がないと思う。私だちに探されることが、彼の意識が最も求めていないことであるはずだからだ。息子にも私にも、人生における重大な岐路がこれから幾度かはある。そうした岐路における決断を共有できる「縁」があるならば、私たちが未来において再び出会うこともあるかもしれないと今は思っている。

3

元妻とは違って息子の行方を探さないことを決めた私は、息子が背を向けようとした当のもの、彼が離反しようとした対象へ向けた探求の道を、無自覚のままに選び取ることになった。

明確な意識があるわけではないが、それはまさに、息子が忌避したと思われる価値観や生き方を探り出し、そうした場所へと深く侵入してゆくような経路を辿るようでもあった。それは私にとって、自己を探り、自らの「血」と出会う旅へと深くのめり込んでゆくことを意味していた。

息子との離別を予告した古墳時代後期の横穴式古墳への侵入の頻度は増し、映画制作を通じて父が徘徊した古代の歴史へと遡行する時間が長くなった。

本を読み、古墳を歩き、またさらに本を読んで、そして何を学ぶわけでもなかった。古代史の世界に浸り込むこと自体が、私の目的と化していった。その果てに何が見えてくるのかは、皆目見当がつかなかった。

ただそれは、私にとって癒やしの時であり、自己を回復させてゆくために是非とも必要な行為であるように思えた。生き続けてゆく以上、私にも自己を支えるものが必要だったのだ。それが読むことであり、書くことであることは、何となくわかっていた。その他に私にできることは何もなかった。

ただその対象が、なぜ縁遠い古代でなければならないかについては、確たる説明ができない。おそらく、父が探り当てたいと願い、果たせなかったものへの探求を通じて、自己を形作ってきたもののありかを鮮明にし、絡まる血脈の糸を解きほどき、拙い言葉に変えることによって、熔解しかけた自己を、今一度立て直そうという生存本能が働いたのでははないだろうか。

それは理屈を超え、言葉を超えた衝動であったが、私は、自分なりに生をかけて育てたわが子の失踪の痛みにどうにか耐えるべく、意志の力でそこに背を向け、現世的な生の喜びからはほど遠い、遠い昔の、ものの形の朧《おぼろ》な、不透明な世界へと浸り込んでゆくことを選んだのである。

理屈を言えば、私がのめり込んだ営為とは、今このようにして日本語を用いて語る「私」を生み出してきた、「国家」の始原へと接近することを意味している。それは「私」なるものへの興味と密接に関わっている。

だが同時にそれは、息子の手紙が語っていたのと全く同じように、過酷で思うままにならない現実から、できるだけ遠い世界の中でまどろんでいたいという、自己放棄的な姿勢の選択でしかないのかもしれない。それがわかっているからこそ、だからこそ、私の探求は、「国家」の起源に触れる事象へ向けた求心的なベクトルを有してしまうのかもしれない。

息子からの音信が途絶え、あてのない古代史への漂泊を始めた私が、王権論への執着から離れることができず、箸墓古墳や大山陵古墳という、国家の成立を語る上で無視できない対象へ向けて関心を注いでゆく理由も、本来意味なき探求を、どうにかして意味づけたいという、私の姿勢に根差している気がしてならないのだ。人はどうも完全に無目的な徘徊というものに、耐えられないようにできているらしい。

私は、息子の行方に振り回される愛の深い彼の母親や、可愛い孫との再会を希《こいねが》う祖父母からの切実な言葉を、自己の内部で冷酷に断ち切り、自らの喪失感を埋めるかのように、遥か遠い卑弥呼の世界へと旅立った。

生き延びるためにはそれが必要だった。

卑弥呼の生きていた三世紀という時代は、今もなお、謎に満ちていた。

昔と事情が異なっていたのは、「やまと」という土地と、女王卑弥呼の存在が、以前よりもずっと濃密な絡み合いを見せ始めているという点だった。

私は、女王の影を色濃く負って「やまと」の地に横たわり続ける箸墓古墳に惹かれ始めた。

箸墓の威容は私を酩酊させ、箸墓の周辺を巡る思考は、私を耽溺させるに足る計り知れない魅力を湛えていた。

さらに言えば、そうした私の頭の片隅には、もしかすると、映画『神々の履歴書』の存在が明滅しているのかもしれなかった。

父の映画には欠落が存在する。

そんな感情がいつの間にか徐々に芽生え始めていた。

箸墓の存在である。

列島を覆う、無数の古墳・史跡を扱う父の映画群には、箸墓古墳が一度も映ったことがなかった。

箸墓の横たわる「やまと」の地と、聖山・三《み》輪《わ》山《やま》への信仰が、父のフィルムからは完全に欠落していたのである。

映画制作の根幹にある政治思想的な立場と、同時代の古代史研究の趨勢が、そこには深く関わっていたと考えられる。島嶼部を含む朝鮮半島南端に「倭」の中心を置き、女王卑弥呼の存在をそこに重ねていた父の思考には、箸墓は気に留めるほどの存在ではなかった。

結果として、箸墓の撮影は行われることはなかった。

ただ現在、箸墓を素通りする古代史が、中心を欠く構成物であるという感は否めない。

これは何も、箸墓が国の歴史の中心にあると言うのではない。

今や、それを射程に入れずに日本の古代を語ることは難しいというだけのことだ。

いわば、古代史を巡って語るべきことの際立って新しい側面に、箸墓がせり出してきているということなのだ。

それほどに近年、箸墓の存在感は増してきている。

欠けたパズルのピースは埋められなくてはならない。

『神々の履歴書』が素通りしたものを、この目で見て、対峙したい。

どこかにそんな気持ちも働いていたのだろうか。

古代へ向かう私の思考は、徐々に箸墓古墳へと焦点化していった。

本を読み、足を運ぶほどに、その魅力は増していくように感じられた。

自己を痺れさせてくれるものほど、私には都合がよかった。

私は、深く箸墓の世界に没入した。

そしてひと時、いなくなった息子のことを忘れることができた。

4

奈良盆地の東南部、すなわち「やまと」の地に、巨大前方後円墳が四基並んでいる。

山辺《やまのべ》の道。

「やまと」の地の山沿いに、聖山・三輪山の麓から北上して石上布留《いそのかみふる》を通り、春日山の麓までの一五キロほどの道。

『日本書紀』に記された、最古の道。

その南端、三輪山の麓の大神神社《おおみわじんじゃ》から、国道一六九号線沿いに北上し、石上神宮《いそのかみじんぐう》に至る四キロほどの間に、墳丘長二〇〇メートルを超え、どれもが日本の大規模古墳ベスト20

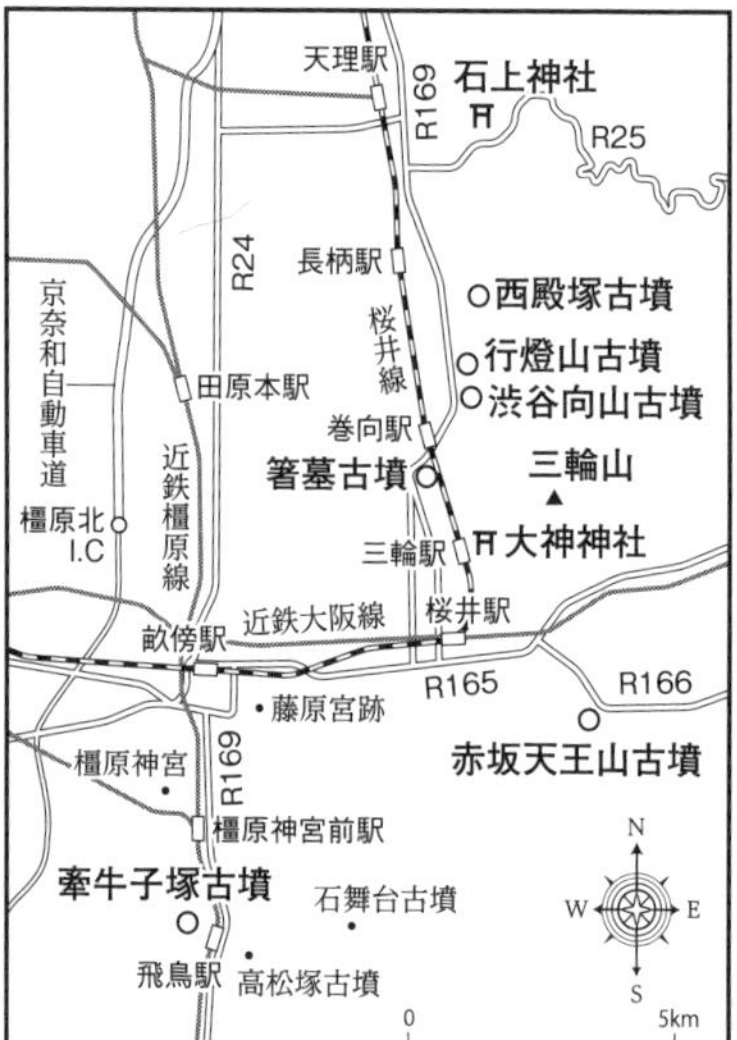

奈良（やまとの古墳）

にランクインする巨大前方後円墳が、多数の中小古墳を陪冢《ばいちょう》として従えながら四基並ぶように存在している。

北から、西殿塚《にしとのつか》古墳（墳丘長二三四メートル）、行燈山《あんどんやま》古墳（二四二メートル）、渋谷向山《しぶたにむかいやま》古墳（三〇二メートル）、一番南にやや離れて、箸墓《はしはか》古墳（二七六メートル）がある。

息子が私から逃げた半年後の夏、これら巨大古墳を目当てに、山辺の道の一部を北から南に向けて歩いた。

祖父母が大阪で暮らしていたこともあって、過去に十回近く奈良を訪ねていると思う。息子とも三、四度は来ており、あちこちの寺社や古墳を訪ね歩いてきた。彼が中学生の頃だっただろうか、暑い夏の最中に、一緒に自転車を借り、へとへとになって飛鳥寺の近辺を巡ったこともあった。

だが箸墓ははじめてだった。また、これまでの奈良の旅では、ことさらに「探索」の意識はなかった。本当の意味で、そこに「何か」を求めたことはなかった。生活の場とは異なる世界で時を過ごす体験を持てれば、それで充分だった。

今は事情が異なっていた。

息子に去られた私は、血の繋がりによって穏やかに営まれる場所で自己の空白を満たしていられる幸福を生きてはいなかった。職業や社会関係が、私の思念を完全に麻痺させてくれることもなかった。といって、私に突然、救いの「神」が舞い降りてくるはずもない。

つまり私は、どうにかして自分の手で、自らをこの世のどこかに係留する必要があったのだ。

その手始めが「やまと」の地であった。

私は息子の教えと自らの直感に従い、過去の体験と記憶、さらには自己の知の一切を身体に預けるような気持ちで、自分をこの世に繋ぎとめてくれる何かを見つけ出そうとしていた。箸墓古墳を目指して歩く私は、それなりに必死だった。

石上神宮から、西殿塚古墳の脇をかすめて、一気に約五キロ南下する。

柳本《やなぎもと》古墳群に属する巨大古墳二基は、ほぼ平行に隣接している。

実在の可能性がある最古の天皇の墓、第十代天皇崇神《すじん》天皇陵に到着した時は雨だった。

雨と霧の向こうに、前方部に設営された拝所が見える。

緑濃い夏草の向こうに見える小さな鳥居。

巨大前方後円墳とは、端的に言えば、山だ。

かつては人工建造物としての威容を周囲に誇示していた巨大陵も、今や、木々の密度の濃い山林にしか見えない。

参拝はしない。

崇神が誰なのかを知らないからだ。言い換えれば、崇神が何者なのかを語る、信ずるに足る言説に触れたことはまだないからだ。そんなものに縋《すが》ることはできない。

拝所には近付かず、農道を道なりに歩く。

雨脚の強くなる中を、藪漕《やぶこ》ぎをするようにして行燈山古墳（崇神天皇陵）から渋谷向山古墳（第十二代天皇景行天皇陵）の後円部へと向かう。外堤の周縁には側道が作られている。ただ夏草が繁茂し、雨に濡れて行く手を塞いでいる。

丁度山を登るような恰好で進むと、右手に山陵が見えてくる。

外掘を隔てて見る陵は、やはり、「川」の向こうにある木々の繁茂した山塊に過ぎない。後方部に礼拝施設が存在せず、周辺に柵や看板が設《しつら》えられていなければ、多くの陵墓は、本当にただの山林にしか見えないだろう。

渋谷向山古墳のような巨大古墳もその例外ではない。

無論満々とした水を湛えるその周濠《しゅうごう》には、墳丘に人を近付けないようにする意志が鮮明だし、墳丘基部の傾斜には、自然では有り得ない均質性と計画性がある。だが所詮その全容は密林のような樹木に覆われて見えはしない。堀を隔ててかなりの距離があるため、埴輪《はにわ》どころか墳丘端の葺石《ふきいし》すらまるで確認できない。古墳と言われれば古墳だが、一塊の山林を、単に掘割《ほりわり》で孤絶させただけの場所にも思える。

一体、測量図を見なくとも、考古学者の目には、この渋谷向山古墳が三段築盛であることがわかるのだろうか。渋谷向山は、三段築盛された後円部の上に、さらに円壇を設け、その一部分だけが後方部に突き出した構造になっているとされる。いわば、前方後円墳の後円部の上に、さらに小さなホタテ型墳丘をのせたようなものだ。

もちろんそんな構造は、私の肉眼では捉えられない。

書物で俯瞰写真を眺めるのと、すぐそばで古墳を見るのとは全く異なる。

目を凝らしてみても、私の目に映る山塊の姿はほとんど変化しない。

周濠を有する単なる低い山。

戦国時代には各地の古墳が城として利用されたと聞くが、全く最適の利用方法というしかない。

だが、周囲をゆっくりと歩いてみることによって、墳墓のおおよその形と、それが人間の手によって長い時間をかけて築き上げられたものであることが、はじめて、ようやく、納得できるのである。渋谷向山古墳が、ほぼ鍵穴型《かぎあながた》をした前方後円墳であることに、辛うじて首肯することができるようになる。

さらに歩いていると、その巨大さが実感できる。

汗をかき、気持ちのよい疲労が身体を満たす。

図版や写真で見ていたのとは異なる古墳との出会いがそこにはある。

ただの山ではない、人間の念の込められた特別な場所であることがわかる。

何より、それが架空の施設ではなく、山の中に、確かに誰かが眠っている。そんな風に自然と感じられる。

そして巨大古墳を前にして、どういうわけか、東京で待つ生活への疑念が浮かぶ。東京に戻り、このまま教員を続けていて、果たしていいものだろうか。それは必要なことなのだろうか。

何の脈絡もなく、ふと、そんな思いに襲われる。

眼前に聳える古代の鮮烈な実在が、何かに追われて過ごす「現在」の価値を裏返す。

歴史が「日常」の幻想性を揺さぶる。

「失踪」でもしてみたくなる気分が、心をよぎる。

おそらく……。

おそらく誰もが、死の前に、自分の「古墳」を作りたいのだ。

もちろんこんな広大な場所に、崇められて眠りたいとは思わない。

ただこの世に生を受けた以上、自己の生の証しに、「古墳」のような確たる手ごたえが欲しい。

誰かに欲望され、思慕される対象であってみたい。

生死を超え、存在を意味づける「物」の手触りが欲しい。

巨大古墳を前にして去来するのは、いまだ「古墳」を築けていない自己への悔恨である。

また終生、どんな小さな「古墳」をも築くことができないであろう、自己の未来からくる絶望である。

雨に濡れながら渋谷向山古墳をどうにか一周し終え、今度は一六九号線を二キロほど南下する。

5

箸墓は少し離れている。

三輪山を背景にして現れた箸墓古墳の姿を、はじめて目にした時、それが特別な古墳であるということがすぐにわかった。

いつの間にか雨がやんでいた。

後円部の向こうに三輪山が望める。

国道沿い、古墳の北西部に広がる大池《おおいけ》に夏の陽が差している。

墳丘長二八〇メートル。大きさでは、景行陵（渋谷向山古墳）の墳丘長三〇〇メートルより一回り小さいが、箸墓古墳は、今さっき見てきた景行陵とも、崇神陵とも、本質的に異なる古墳だった。これは、古墳の学術的な形態について述べているのではない。もちろん典型的な撥型《ばちがた》をした全体のフォルムの美しさも格別だが、それは空撮写真でしか確認できないものだ。

この古墳の特別さは、景行陵や崇神陵など近傍にある古墳のそれぞれの外縁を、ぐるりと周回し、比較してみればすぐにわかることである。

景行陵や崇神陵は、箸墓古墳よりずっと東側の山の裾野に近い場所に築かれている。造成に元来の土地の傾斜が利用されていることは明らかで、その佇まいも、田園の遥か向こうの山々に連なるように配置されている。古墳を一周すると、山に入り、山から下りてくる感覚が足に残る。いわば借景を利用したかのような巨大古墳である。

「山辺道上陵《やまのべのみちのへのみささぎ》に葬《はぶ》りまつる」

『日本書紀』における崇神・景行陵の墓域を示す文言は全く同一であり、そのせいもあって、隣接する両墳墓の「取り違え」が幕末まで続いたと言われる。

景行陵より崇神陵が古いことは、現在は確からしいが、「山辺道上陵」の語は、両墳墓の位置にぴたりと当てはまる。まさに「山辺」と呼ぶしかない、山への隆起が始まる山裾に、崇神・景行二つの陵墓は横たわっている。

箸墓は違う。

箸墓古墳は山のない平地に築かれている。

ほとんど起伏のない田園の広がりの中にある。

古代の地形も、今と大きく異なっていたとは思えない。

山が隆起し始める場所は、かなり遠方に見える。

言うまでもなく、平地に大古墳を築く労力は計り知れない。山がなければ、土石を遠くから運んでこなくてはならない。それには多くの時間と、想像を超える数の労働者が必要になる。労役を可能にする上意下達の強力な命令系統が存在するか、人が自らの生を捧げ得るような価値が、その仕事に内在していなくては不可能である。

つまり統合と制御の力。人々を集結させ、多様な能力を動員し、疲労の蓄積を希望の持続へと転換する仕組みと計画が必要なのだ。

平地に築かれた巨大古墳は、文字通りの「山辺」に営まれた古墳と異なり、築造当時、その人工性が圧倒的に際立つものであったと考えられる。

単なる墳墓ではなく、周辺集落統合の標識となり、重要な祭祀・礼拝施設としての機能を併せ持つことは必定《ひつじょう》だったろう。ここに住む人々は、城ではなく、巨大な墓を、共同性の証しとして建設することを選び取ったのである。

三世紀、三輪山の麓に位置するこの纏向《まきむく》の地には、九〇メートル級の大型前方後円墳が立て続けに五基作られた。

これをもって初期ヤマト王権の起源とし、統一王権としての大和朝廷へと連なる権力の連続性を主張する見方が存在する。

果たして本当だろうか。

箸墓に凝集した権力が、本当に、列島全土に拡張してゆくのだろうか。

箸墓の勢力は本当に、大阪湾沿いの巨大墳墓群へと流れ着くのだろうか。

どうにも疑わしい。

斬新なデザインは、強制に依らずとも、他の共同体に瞬く間に波及・流行する。

そう考えてはいけないのだろうか。

そもそも根本的に、このおかしな形をした巨大墳墓は、何らかの権力の象徴として造営されたものなのだろうか。

美しいのは確かだが、権力の表現としては、やや間が抜けた意匠ではないだろうか。

纏向の地に始まる前方後円墳の造営を、権力や秩序の可視化とばかり見る思考には疑問を感じる。

礼拝の場とされる前方後円墳の前方部とは、いわば祝祭の場でもあったはずである。そこには祭事が、つまりは喜びがあったはずだ。共に死者を送ることによって、人々の固い結びつきが生まれる喜びである。権力や秩序の表象よりも、悲哀と歓喜、美と未来の共有が、優先されていたのではないだろうか。

私が想像する太古の箸墓の姿はこうだ。

大地を耕し稲作に従事する人々の日常的な営みの中に、そしてまた、水を貯め果実を育てる知恵を集落間で相互に伝達する過程の延長線上に、いわば生活と、祈りと、学びの場そのものとして、土を掘り、石を運び、山を築く営みが組み込まれてゆく。

測量技術、道具製作、埴輪製作、土石運搬、土木工事、組織管理、灌漑技術、数え上げ

れば限りない職能が、人間の分節できない生の営みと重なり合ってゆくプロセス。

元来箸墓には、そうした過程が存在した。そこにはすでに、統制不能な内的秩序があった。時間が経つにつれて、それが徐々に分業化し、専門化してゆく。そしてやがては、氏《うじ》や姓《かばね》を生み出す「政治」が派生してゆくのである。

箸墓をはじめて目の当たりにした私の直感が、私に告げたことは、次のようなことだった。

権力は必ずしも先にあるのではない。

政治や暴力は最初ではない。

政治は、統制の欲望と共にはじめて出現するものに過ぎない。

纒向の地の巨大古墳は、日々の暮らしと、明日へ向けた祈りの傍らに坐しているのだ。

ここにクニの始原的な姿が存在したことは紛れもない。

ただそれは、統合の拠点の一つに過ぎない。

統合を欲望するクニグニは、同じ時代、各地に生まれていた。

そしてヤマトの共同体は、交易を通じて列島各地や大陸のそうしたクニグニと深く結び付いていた。そのことは纒向遺跡から出土している土器片の数々が証明している。

私は、三世紀の列島の民が「城」の存在を知らなかったはずはないと考えている。

三国時代の中国全土において築造されては破壊された無数の城の「噂」を、彼らが耳にしなかったなどとは、到底思えない。彼らは当然、土器類や装飾品といった物質だけでなく、形にならない多くの知恵を、海を越えて流通させていたはずなのだ。

だとすれば、彼らは巨大な「城」ではなく、巨大な「墓」を作ることを選択したと言える。

時間をかけて巨大な墓を作り上げることによって、はじめて実現される統合の端緒。そのことの意味が問われなければならないと思う。

6

箸墓古墳を実際に訪ねてみて以来、箸墓の主かもしれない卑弥呼について考えることが多くなった。

『神々の履歴書』に欠けていたピースは私を捉えて離さなかった。

旅から帰っても、箸墓への熱は簡単には冷めなかった。

私は箸墓の「現在」を知るために、古代史関連の本を読み漁った。

何といってもやはり、古代の女王・卑弥呼の存在は魅力的である。

纏向の地で、女シャーマンが多数の男たちを従えて諸勢力の統合を目指していた状況は、私たちの視覚的な想像力を強く刺激する。

私を酩酊させてくれる、何よりも強力な素材である。

そして事実、そんな光景が夢物語ではなかった可能性が、近年高まってきていることを知った。

箸墓古墳の持つ歴史的な意味が、ここのところ、劇的に変貌し続けているのだ。

前述したように、『神々の履歴書』（一九八八年発表）をはじめとする父の映画は、箸墓古墳を一度も映像化していない。

実は、箸墓古墳を含む纏向古墳群周辺地域の発掘調査が注目すべき発展を遂げるのは、ここ二〜三十年、一九九〇年代以降のことなのである。

それは、「古墳時代」の観念をすっかり変えてしまうような大きな進化だった。

まず箸墓古墳の築造年代が大幅に遡り、箸墓に眠るのが女王・卑弥呼であり、纏向遺跡こそ邪馬台国の跡地である、という見方の信憑性が、以前よりぐっと増してきたのである。それと共に、かつては四世紀初頭とされた古墳時代の始まりが、三世紀中葉まで遡ることにもなった。

私自身、邪馬台国は北九州ではなくヤマトの地に展開していたと考えているし、箸墓古墳に眠る者が卑弥呼あるいはその地位の継承者である可能性も高いと考えている。

だがもちろん、そのことは、ヤマトの地を、国の起源と考えることと直結はしない。箸墓の創発性のみに依拠して、ヤマトを日本の「臍《へそ》」であるかのように考えることはできない。権力や皇統の連続性は、纏向の地の一時的繁栄によって証明されるものではないからだ。むしろその繁栄の独自性は、五世紀の河内地方の王権との差異を際立てるものですらあると思う。

　しかしながら、私がこの目で見た、箸墓古墳という美しい古墳が、前方後円墳という新しいモードを先取りするものであったことや、「邪馬台国」という名を与えられた著名な共同体の中心に据えられていたことを考えると、とても感慨深いものがある。

国家の、そして自己の起源を、そこに探り当てようとしたくなる人々の気持ちもよくわかる。中国の歴史書に記述され、後に列島を覆い尽くす構造物の始原がここにあるのだから。

では一体、この箸墓古墳を国の起源に置く発想の大元とは何か。

略述しておく必要がありそうだ。

史的背景を少し辿ってみよう。

　近年の研究成果として特記できることは、箸墓古墳および関連の考古学資料と、『漢書』地理志に次ぐ日本古代史に関する最古の書物、西晋《せいしん》の歴史家・陳寿《ちんじゅ》が著した『魏志倭人伝』（『三国志』魏書《ぎしょ》・烏丸鮮卑東夷伝《うがんせんぴとういでん》倭人条）の記述との、直接的な関連が、にわかに現実味を帯びてきたことである。

『魏志倭人伝』によれば、魏の第三代皇帝曹芳《そうほう》の年号正始《せいし》八（西暦二四七）年には、卑弥呼はまだ生存していたことが確認でき、それからあまり隔てない頃、おそらく三世紀の半ば頃までに卑弥呼は亡くなったと推定されている。

　そして、卑弥呼の死に近い年代まで箸墓古墳の築造年代が上ってきたため、箸墓の被葬者が、卑弥呼自身か、あるいは卑弥呼死後に立った男王、ないしはその後に連合体の女王に立てられた卑弥呼の宗女（一族の女性）十三歳の台与《とよ》（壱与《いよ》）である可能性が真実味を帯びて語られるようになってきたわけである。

『魏志倭人伝』の末尾にはこう書いてある。

　卑弥呼以て死す、大いに冢《ちょう》を作る。径百余歩《けいひゃくよぶ》、徇葬《じゅんそう》する者、奴婢《ぬひ》百余人。更に男王を立てしも、国中服せず、更々相誅殺《こもごもあいちゅうさつ》し、当時千余人を殺す。復《ま》た卑弥呼の宗女台与年十三なるを立てて王と為し、国中遂に定まる。

「径百余歩」というのは、約直径一五〇メートルにあたり、巨大な墳墓である。これが円墳を指すならば箸墓古墳は該当しないが、前方後円墳の前方部は、多くの場合葬送儀礼を行う付属的な場であり、後円部を、埋葬施設を有する墳墓の核心であると考えるならば、後円部の直径が約一五六メートルとされる箸墓の寸法とほぼ重なる。

幾つかの例外を除き、古代の文字資料が希少な状況の中で、列島統合の起点を問題とする時、『魏志倭人伝』の描き出す「倭」および「倭国」、また「邪馬台国」への理解がきわめて重要な鍵を握ることは言うまでもない。

陳寿が「女王の都《みやこ》する所」とする「邪馬台国」の位置を巡る論争が、畿内・九州の間で長期間過熱し続けてやまないのはそのためであり、卑弥呼の「冢」を箸墓古墳と同定できれば、邪馬台国畿内説を裏付けるこの上ない証明となるわけだ。

古代史を語る上で、箸墓古墳が重要な点がもう一つある。

この箸墓以後、後方墳が撥《ばち》型に開く同型の前方後円墳、前方後方墳が、日本全国各地に広がり次々と建造されるようになることである。

それ以前の弥生時代の各地の首長たちは、出雲を中心とした日本海沿岸の四隅突出型《よすみとっしゅつがた》墳丘墓や、北部九州の支石墓《しせきぼ》（ドルメン）、周囲に溝を巡らせた近畿の方形周溝墓《ほうけいしゅうこうぼ》などに代表されるように、実に多様で個性豊かな形態の墳墓を築いていた。

前方後円墳の出現は、弥生後期に存在した地方墳墓の特殊性を後景化し、古墳の性格を一挙に均質化してゆくかに見えるのである。

弥生後期と較べて墳丘規模が圧倒的な大きさを持つこともさることながら、内部施設となる竪穴式石室の中に割竹型木棺《わりたけがたもっかん》を収める埋葬方法や、「卑弥呼の鏡」と呼ばれる三角縁《さんかくぶち》神獣鏡《しんじゅうきょう》等の鏡、鉄製武器や碧玉《へきぎょく》製装身具などの副葬品の共通性、そして、近畿から西日本、さらには北陸や関東地方へと広がる同型古墳の分布のありようを鑑《かんが》みる時、箸墓古墳を「日本最古の古墳」と呼び、箸墓以後の時代の流れを「古墳時代」と記す現在のありようは、まさに至当と思えなくもない。これもまた、箸墓を日本の「臍」と考えたくなる大きな要因の一つなのだ。

7

箸墓を訪問した折のこと。

二〇一九年の八月下旬、猛暑の日であった。

箸墓を訪れたその日、私は京都に宿を取っていた。

特別な理由はなかった。

関西を訪ねた時には、たいていは京都に宿泊することにしていたし、安くて心地のよい馴染みの宿が京都にあるからに過ぎない。

京都駅に着いた時にはすでに夜九時を回っていた。

その日は、長い一日だった。

山辺の道に沿った巨大前方後円墳のうちの三つを回り、卑弥呼の鏡（三角縁神獣鏡）を大量に出土した崇神陵そばの黒塚古墳を見た上、箸墓よりずっと南に位置する鳥見山《とみやま》古墳群の桜井《さくらい》茶臼山《ちゃうすやま》古墳とメスリ山古墳にまで足を延ばして歩き回っていたから、疲労がピークに達していた。足が重く、眼が見えにくくなっていた。

身体は休息を欲していたはずなのに、京都駅からタクシーに乗る時、宿泊するホテルの名前ではなく、無意識的に、祇園の入り口まで、と口にしてしまっていた。

元妻は、祇園で息子を発見した。

もちろん、祇園に行ったからといって、いまだにそこに息子が暮らしているとは限らない。というより、母親の張り込みによって捕獲された場所が祇園ならば、居場所を変えて生活しているのがむしろ自然だろう。

なにより私自身、逃亡した息子を探しても意味はないと、自らに誓ったはずだ。

一方で、夜の祇園を歩いて悪い理由はない、とも思う。

消えた息子に、私の行動半径まで制限される必要はない。

今後も京都に来ることはあるのだから。

息子同様、京都は私の拠点でもある。

決して、意図をもって探し回るわけではないのだ。

自分にそう言い聞かせる。

タクシーが四辻を右に折れる。

夜の京都は霧雨に濡れていた。夜九時を回っているというのに、祇園の往来には人通りが絶えない。

白川沿いにあるコンビニであるということしか聞いていなかった。

半年前、酔客やホステスしか来ない深夜のコンビニに、息子はふらりと現れ、我慢強くそこに張り込んでいた母親に発見された。それが自分の人生にとってどれほど大きなチャンスであったのか、やがて息子は、身をもって知ることになるのかもしれない。

運がよければ出くわすかもしれない。

そう考え、私は傘を差さずに歩くことにした。

車を降りた場所から、鴨川沿いの道まで戻るように歩いてゆくと、水商売風の店と酔客が増え始めた。ホステスや、客引きのような黒服姿の男たちも目に付くようになる。

息子は、こんな場所で働いているのかもしれない。

目を凝らすが、相当近くまで寄らなければ人相の判別はできない。そもそも患っている右目の症状がぶり返してきていて、道行く人の顔すらよく見えないのだ。しかも夏の雨の中、大方の人は傘で顔を隠していた。

次々と狭い道に自動車が入ってくる。前から来る傘をよけ、背後に迫る自動車をよけながら歩く。脇を通り抜ける人間の顔すら判然としない。だからといって近付いてあまり顔を見入っていると、喧嘩でも売っていると思われかねない。でもそうでもしなければ、暫く会っていない息子の顔も判別が付きそうになかった。

もう慣れてはいたが、視野の半分だけが歪んでいるという不可思議な病状。

治療を行わなければいけない時期がそろそろ来ているのだ。

網膜《もうまく》静脈《じょうみゃく》分枝《ぶんし》閉塞症《へいそくしょう》。舌を噛みそうな名称だが、これが正式の病名である。

血管の破裂した位置がよくなかった。

黄斑《おうはん》という、視覚神経の集中している箇所の近くが破裂すると、出血が止まってからも視野に長く障害が残る。私は黄斑の上部で出血したので、治療を怠ると、右目の視野の下半分が歪んでくる。わかりやすいのは、あのノルウェーの天才画家ムンクの『叫び』である。ひどい時になると、町行く人の全てが、あの『叫び』の姿と化してこちらに歩いてくる。そんな感覚。

私は、ムンクが眼病であったのではないかと少々疑っている。なにせ同じく天才の芥川龍之介が自死の直前に見ていた大小無数の「歯車」も、閃輝暗点《せんきあんてん》という眼病の影響が疑われているのだ。

ムンクや龍之介とまではいかなくても、眼病が、私のような凡庸な人間に、何か特殊な能力を授けてくれないだろうかと、おかしな祈りを捧げたくもなるというものだ。

8

小一時間も祇園の町を彷徨しただろうか。

全身が、霧雨と汗にまみれて重く濡れていた。

八月末の京都は、雨とはいえ、蒸し暑かった。

息子に遭遇することはなかった。

というより、たとえ京都に息子が住んでいるにしても、この広い街で、そんな幸運に出会うことは稀だろう。

大体そんな幸運は、父親には与えられていないのだ。

そもそも息子を探しに来たのではない。

宿に向かう前に、少し立ち寄ったまでのことだ。

雨に濡れつつ、祇園を離れ、京都御所の方向へ向かう。

歩きながら、数刻前に見た箸墓の美しい姿を思い出す。

それは、河内平野の巨大古墳群とは決定的に異質なものだ。何かの起源と呼ぶにふさわしい、特別な存在。おそらくは、権威の可視化を主目的とするのではない構造物。

それにしても、箸墓の未来は、本当にこの京都へと続いているのだろうか。山辺の道から京都まで、そこには本当に、一本の線が引けるのだろうか。

歩きながら、いつの間にか、父の映画を思い出していた。

そして映画が、箸墓を撮影しなかった事情について考えていた。

父が記録映画監督として船出する映画、『神々の履歴書』の制作期には、箸墓古墳と卑弥呼の線は、現在ほど強く結ばれてはいなかった。三十数年前、邪馬台国との関わりと共に、「起源」としての箸墓への探求はもちろんとうに始められていたが、纏向の地の発掘はいまだ進んでおらず、諸説は、確たる証拠不在の推論の域を出ていなかった。箸墓は、宮内庁に管理される不透明な巨大古墳の一つに過ぎなかった。

そのことを前提にすると、父が私と同じ年齢で完成させた記録映画の置かれた場所が、より鮮明に見えてくる気がした。

箸墓を歩き、息子の影を追って祇園を歩き回った挙句、私の中には、三十年前の一本の記録映画が内在させていた、一つのものの見方が、唐突に浮上してきたのである。

『神々の履歴書』は、次々と移り変わるロケ地での取材記録が、作品そのものを構成している記録映画であった。

個々の場所、個々の被写体は、朝鮮半島由来の文物として語られるが、映画はそれらを時空の軸に沿わせて整理しようとはしない。

それらは極力人為を排して並置される。

いわば、映画には「中心」がないのだ。

例えば、古代史解説で頻出する半島における高句麗の南進や、新羅の伽耶侵攻、王権と磐井の争乱といった歴史事象との関わりから生み出される単純明快なコンテクストに、父の映画の被写体が奉仕させられることはない。王権統合の歴史に与《くみ》する文脈に回収される被写体は、この映画には存在しない。

その古墳、その神社、その地名は、ただそこに千数百年以上前から存在し、今もそこにあり続けている。全ての土地には、歴史を生活の一部として受け入れ、それを尊崇する人々が生きている。映画はただそれを記録していた。

考えてみればこのように言える。

高句麗の南進、新羅の伽耶侵攻、地方豪族と王権の衝突、例えばこれらは全て歴史的事実である。だが、「わかっている」数少ないことが、歴史を動かした主要因であるとは限らない。厳然として各地に残された人間の営みの全てを、「わかっている」わずかなことに沿わせて「理解」するのは傲慢なことである。

一四二箇所もの取材対象を列挙する『神々の履歴書』は、「王権」を中心に置き、人間の営みをその周縁に再配置する傲慢な所業に、強烈な違和を表明しているのだ。

歴史を単純化＝物語化し、「王権」成立の前史として、あるいは、「王権」間の交渉を構成する要素として扱う「歴史」なるものへの抵抗。

もしかすると、これが父の映画に底流する、意図せぬ、言葉化されていない思想だったのではないだろうか。

『神々の履歴書』は、箸墓と京都を直線で繋ごうとする思考の短絡に冷水を掛ける冷静さで、京都御所に向けて歩く私の心に迫ってきた。

そして、あることに気付いた。

箸墓は、京都に、あるいは現代のわれわれに、必ずしもダイレクトに結びついてこなくてもいいのだ。

そればかりではない。

何も、五世紀の河内平野の巨大古墳群にだって、直接結びついてゆかなくてもいいはずなのだ。

箸墓は箸墓であり、邪馬台国は邪馬台国であっていいはずだ。

無理な脈絡を作る必要はない。

纏向遺跡の発掘。

これが鬼門なのだ。

二〇〇九年、纏向の地に、これまで発見されてこなかった卑弥呼の居館や、祭祀施設と考えられる遺構が見つかる。三世紀前半の卑弥呼の女王在位期と、纏向の繁栄時期の符合は、確実に「邪馬台国」の所在を巡る論争の局面を一変させる。

この発見に、以後の歴史叙述は、多かれ少なかれ影響を受けることになる。

二世紀から三世紀にかけて、強力な政治勢力が三輪山の裾野部、纏向の地に台頭し、古墳築造などその影響力が列島各地に拡大、諸勢力結合の「象徴」の任を果たした。

結合体を代表する存在を、当時の中国が交渉の相手として選択し、記録した。

そのように考えるのはよい。

広域世界の統合を欲望する主体が、ヤマトという局地に一つ誕生したことは間違いないだろう。

ただしその欲望の主体は、いまだ同時代において、複数、ないしは無数に存在していたのではなかったか。

まるで戦国時代のように。

『魏志倭人伝』は、諸国による卑弥呼の「共立」と共に、諸国乱立のきわどい情勢をも明白に語っているではないか。

ヤマトの勢力が、西日本一帯を統合する政治勢力へと直線的に伸長してゆく確たる証拠はないのだ。

そもそも、邪馬台国畿内説を奉ずる誰もが、卑弥呼から『宋書倭国伝』に記された倭の五王（おそらくは河内における巨大墳墓経営者）に至る権力移行の道筋を、単線的に語れないことには、とうに気付いているはずなのだ。

われわれが、三世紀という時代を、ようやくわかり始めた五世紀との結びつきでしか思考できないのはなぜなのだろうか。

むしろ卑弥呼の時代、三世紀は、それ以前の世界に、より濃密な関わりを有しているのではないか。

実は四世紀は、何かを断ち切る時代だったのではあるまいか。

そのように歴史を構想し直すべきではないのか。

河内以上に、出雲や能登、北九州、朝鮮半島へと繋がる射程の広い地勢図の中に、三世紀を、そして箸墓を、再配置してみる必要があるのではないだろうか。

そういえば『神々の履歴書』は、必ずしも西日本ばかりでなく、東北、北陸にも数多く散在する朝鮮半島の痕跡を一つ一つ辿っていた。高句麗も百済も伽耶も新羅も、日本全国の史跡や名称、行事の中に、その痕跡を留めている。それらは整理不可能な、分節し難い形で混成・隣接している。

私は、祇園を離れ、御所へと歩みを進めながら、父の映画を想起した。幾つかのイメージが私の中に蘇った。

映画は数珠を数えるように一定のトーンで、多くの場所と事象を接続する。カットとシーンが列島と半島のあちこちに飛ぶ。

頭の中でそれを追ううちに、今まで「歴史」と考えていたものが、徐々に脱中心化されてゆくのがわかる。歴史というものが、本当は、私たちに与えられた「歴史」の中には決して存在しないことが徐々に実感されてくる。やがて私の中で、日本列島と朝鮮半島がはっきりと二重写しになっていた。

日本史の中心には、まだ空洞が穿たれたままである。そう思った。

御所に向かって歩む私は、いつの間にか、息子を探すことを忘れていた。

第四章　盗掘

1

息子と連絡が取れなくなって半年も経つと、そうした日々にも、少しずつ慣れてゆくところがある。

無論、喪失感はそう簡単には消えない。

絶望は中年の身体を襲う。

自分自身の未来が損なわれてしまったのに等しい苦しみが、全身体のバランスを徐々に毀損してゆくのだろう。身体に次々と支障が出る。体調のよくない日が続く。

でも不思議なことも起こる。

子供のことを考えない日はないが、いつからか、それが私に、深く何かに埋没する力を与えてくれるようにも感じ始めたのである。

寂しさが、どういうわけか、何か別のものに転じてゆくのだ。身の内から湧き水のごとく、「父親」とは別の者として生きるように強く呼び掛ける声が聞こえ始めるのである。

その声は、私を少し自由にする。

悲しみから自由にしてくれるばかりか、私の中に眠っていたこれまでとは別の力の源泉を、掘り起こしてくれるかのような感触がある。血管の中を、それまで流れていなかったものが巡り始めるのだ。

もともと私にとって、息子との関わりにはそのようなところがあった。月に一度だけ会って、最低限必要なことだけを伝え合う。そして次にいつ会うことができるのかを、お互いに確認する。「面会日」という言葉があるように、それは未来をどうにか生き延びてゆくことを確かめ合うための、辛うじて許された小さな祝祭のようなものであった。あるいは、生きるために必要な最低限の儀式であった。私に関して言えば、そんな儀式を通じて、明日を迎える力を充填するやり方を、昔から少しずつ学んでいたのである。

箸墓の次に私が目を向け始めたのは、五世紀の河内平野である。

百舌鳥《もず》古墳群と古市《ふるいち》古墳群が私を虜《とりこ》にした。

箸墓とはまた別の、何らかの起源が、そこにあることは間違いなかった。

そこにのめり込むことを、私は自分に許した。

私は、多くの文献を読み、幾度か足を運んだ。

そしてその度ごとに、自らをその世界の奥底へと深く深く沈めていった。

古市も隅々まで歩いたが、やはり、百舌鳥古墳群の目玉、大山陵古墳の不可解さが圧倒的に私を魅了した。なにせ、誰が眠っているのかわからない世界最大の人工構造物なのである。しかも、それをその不明のまま、歴史遺産として観光資源の核に置こうという途方もない計画が、着実に進展しているのである。こんな不可解な現象が、一体、他のどこに存在するだろうか。

大山陵に惹かれる理由は、他にもある。

空撮映像によるワンシーン。

ヘリコプターの爆音。

カメラは、住宅地の真ん中にある、長い掘割と広大な緑地を捉えている。

大山陵古墳は、父が『神々の履歴書』の末尾に据えた撮影対象でもあった。

やはりどこかで、父の映画が頭にこびりついているのだ。

そのラストシーンを、今でもはっきりと覚えている。

ヘリコプターによる空撮。

ヘリが、当時まだ「仁徳陵」と呼ばれることの多かった超巨大古墳の真上を飛び、その全容を俯瞰で捉える。

巨大な陵墓を写し出す空撮映像にエンド・タイトルが重なり、日下武史《くさかたけし》のナレーションが響く。

「古墳は常に光と陰に満ちている。……天皇は、百済系なのか、新羅系なのか、それとも高句麗系であろうか……」。

このラストシーンは、中心を空洞にしたまま、結論を語らないように見えた映画が、ひどく刺激的な言葉で幕引きをする場面である。淡々と「物」を捉えていた記録映画が、実のところ、国家の起源としての天皇家の血脈に、強い関心を向けていた事実をはっきりと告白するシーンなのである。

映画は、それまでの抑制的な、拡散的な描写から解放されて、一挙に天に昇り、天皇の眠る場所を、その頭上から見下ろす。断定を避けながらも、煽情的なナレーションが、大きな効果を上げている。

それが大山陵であったことは今考えてみると大変面白い。

というのも、父は普段から、七世紀末の天武朝以前に国家が成立したという考え方を、一切認めていないからである。

大山古墳を映画のラストシーンに据えたということは、監督がどこかで、天武より数世紀前の仁徳陵を、国の起源の象徴とみなしていたことを意味している。

天武即位までの歴史を、「国史」と区別しながらも、このあまりにも巨大な古墳の存在を無視できなかったのだ。大山陵を、統合の重要な起点と考えないわけにはゆかなかったということなのだ。

それにしても……。

それにしても、国の始まりが、なぜそれほどまでに気になるのだろうか。

父にしても、また、私にしても。

運よくそれを摑み取れたとしても、一人の市民に過ぎない自己の存在の証しを購うことすらできないのに。

私にもよくわからない。

だが映画監督である父は、そこに嵌り込み、国と文化の「起源」を生涯賭けて追い続け、自らの人生を終えようとしている。

私もそうだ。すでにそこに片足を入れてしまっている。

どこかで同じものを追っている。

私の場合、さらにそこに父の影がチラつくのも厄介だ。

意図しているわけではないが、私の足の向く場所が、何らかの形で、父の映画に関わっていることを認めないわけにはいかない。

国の起源、そして、血の起源。

もしかすると私は、決して見ることのできない二つの淵源を、この目で見たいのかもしれない。

そしてまた、この二つの淵源を目指す欲求には、何らかの繋がりがあるのかもしれない。血の繋がりに背を向けたものは、より大いなるものの末端に、身を寄せるかのごとくに。大いなる権威に背を向けたものは、血脈の中に、自らのありかを探るかのように。

そういえば、今も孫の失踪を悲しむ映画監督は、監督となるために大阪から上京した六十数年前、今は亡き祖父に、重い針箱を投げつけて出てきたという。母から聞いた。愛情深い祖母がいたため、そこで縁が切れたわけではなかったが、この映画監督もまた、実の父親との関わりを断って生きてきた人種なのである。

父祖を忌避する心性の反動が、国家の始原への探求へと彼を向かわせた可能性も、なくはない。

少なくとも、大陸の側から列島を見る彼の歴史の見方は、彼が、大陸で実際に戦闘を行った軍人の息子であったことの反動であることは疑いない。

映画監督は、父祖に注ぐ眼を固く閉じ（それは実の父親が大陸で誰をどんな風に殺したかをはっきりと聞かないことを意味する）、その代償として、民を戦争へと導いた国家の中枢に向けた「戦闘」を始めることによって、自分の人生を歩み始めたのに違いない。言葉にできないほどの凄惨な出来事と対峙するには、それを惹起する権力の始原に遡行して、戦いを始めるしかないと考えたのかもしれない。

だとすれば、私たちの血脈の根源には、「戦争」が横たわっていると言えなくもない。

軍人であった祖父に背いた父は、息子の一人に背かれ、また、愛した孫に背かれている。

一方で、国の始原に遡行する己の営みは、反目する次男を含め、二人の息子に引き継がれている。

そう考えてみると、血は確かに巡っているのかもしれない。

だとすると一体、息子に背かれた私は、誰に背いたというのだろうか。

そしてまた、私の息子は、私の知らない場所で、私の悲しみを生み出した大いなるものと戦ってくれるとでもいうのだろうか。

よくわからない。

そんな脈絡のないことをあれこれと考えながら、古市古墳群と百舌鳥古墳群の近辺を、猛暑の中、連日歩き回った。

歩いても考えは一向にまとまらなかった。

ただ汗が、何かを流してくれる気がした。

異常としか言えない猛暑の不快よりも、自由に思考を膨らませながら古墳のある風景を散策する喜びの方がずっと勝っていた。

もともと大阪には、今では縁の薄くなった親戚が数多く住んでおり、とりわけ、百舌鳥古墳群が広がる大阪府堺市には、幼い頃から何度も足を運んでいて、私には多少の土地勘があった。

周囲を歩くことは苦ではなかった。

時には大山陵が見えるホテルに泊まり込み、大山古墳のすぐそばにある堺市博物館と堺市立中央図書館に通った。

資料に埋もれた後は、周濠を毎日少しずつ歩いた。

やがて、特別な目的を持たないそうした日々の連続が、日本の「近代」について学んできた私と、「古代」五世紀の大王とを結びつける不思議な「縁」を、少しずつ私に開示し始めることになった。

大山古墳に近付くための私なりの道筋が、徐々に見えてきた。

突破口は一人の男だった。

歴史に埋もれてしまった男。

西郷隆盛の親友。

税所篤《さいしょあつし》。

この明治を生きた欲深い男の人生が、私と「古代」とを、予期せぬ形で徐々に繋ぎ合わせていった。

その果てに、私は、ほんの一握りの人間しか足を踏み入れたことのない大山古墳の玄室内部に、盗掘者のように、深く侵入することすら望むようになっていた。

いつしか私は、一人の明治人と大山古墳に魅了され、時の経つのを忘れていた。

父の映画と、息子の手紙から、できるだけ遠く身を置くためにも、私は目の前に姿を現した自分だけの世界に、深くのめり込んでいった。

2

箸墓を訪れた数日後のこと。

私は堺にいた。

とうの昔に、この町の地図は頭の中に入っていた。

どこに何があるかは知っている。

古墳が七基見えるはずだった。

二つの天皇陵と二基の陪冢《ばいちょう》、遠方に三基の大古墳。

でも現実に見えるのは、都市に浮かぶたった一つの巨大な島。

街の中央に横たわる広い森林区域。

それを古墳と言われても納得はいかない。

私がいるのは、大山古墳後円部の北西約一キロ先にある、大阪府堺市役所二一階展望ロビーである。

二一階の高さをもってしても、眼前にあるものが古墳であることすら視認できないのだ。五世紀の民は、宇宙から大地を眺める眼差しを所有していたとでもいうのだろうか。目視せずとも、精巧な巨大構造物を建設する技術。

経験の蓄積と高度な分業システムが基盤にあることは明らかだが、その人為の精密さにはやはり畏怖を覚えざるを得ない。

それにしても、太古の人々の測量技術というのは、なんと優れたものだったのだろう。なぜあれほどまでに正確に、等間隔に平行する三重の水濠をデザインすることができたのだろう。総延長八四〇メートルの空間に、見事な曲線美や鋭利な角度を実現できたのだろうか。

上空から見るとあれほど美しい造形物なのに、私には、二一階の高みからいくら目を凝らしてみても、それが超巨大前方後円墳であることすら認識できない。

どう見ても、緑豊かな巨大な公園が、都市の中心に設けられているとしか思えない。濠の水は全く見えないので、繁華な場に大きな島が浮かんでいることの不思議を噛み締めるのが関の山なのだ。

ただ、繁茂する森林とその周囲に広がる街並みを目で追っていると、わかってくることもある。

一つの巨大な森と見えたものには、その前方に小さな森の塊が付随していること。また、広い視野の中の住宅やビル群の間には、やはり濃い緑を維持するスペースが、幾つも幾つも散在し、それらの数が存外に多いこともわかってくる。

もちろんそれらは、公園を隔てて大山陵の南に位置する履中《りちゅう》天皇陵古墳であり、大山陵後円部北西に置かれた小さな陪塚である。およそ古墳には見えないが、大山陵の向こうには、百舌鳥御廟山《ごびょうやま》古墳と、天皇陵と推定されている土師《はぜ》ニサンザイ古墳の微かな影も窺うことができる。

この百舌鳥古墳群には、日本最大の古墳、大山陵古墳（現仁徳天皇陵）を中心として、東西・南北約四キロに渡って、二〇〇メートルを超える古墳四基を含む大小四四基の古墳が現存している。陵墓指定から外れているため宅地造成、都市開発の渦中で次々と破壊され、古墳の数は激減した。かつては一〇〇基以上の古墳が存在したことも確認されている。

この古墳群の中心に位置する、大山古墳が有する全体の構造美に触れるには、やはり空撮映像に依拠するしかない。

晴れた日の空撮写真なら、前方後円墳のくびれ部分に設けられ、祭祀を行う場所であった「造出《つくりだし》」のくっきりした形や、墳丘を繊細に囲む三重の周濠の輪郭まで、はっきりと見ることができる。

カメラマンを乗せたヘリコプターが高度を上げて旋回すれば、その巨大な胴体を大阪湾に向ける大山古墳の戦略的な位置取りまでを、映像を通じて視野に収めることができるはずである。近年このカメラアングルは様々なメディアで頻繁に目にする。『神々の履歴書』の時代と異なるのは、五世紀の倭と朝鮮半島の外交関係を重視する研究の進展が、瀬戸内海ルートへ向けた権力の誇示を示唆する、この大阪湾に向けたカメラアングルを、頻繁に選択させるようになったということではなかろうか。

空撮の方法も、現在は大きく様変わりしている。

しかし、人為の極致と言える美観を有し、国土の中にこの圧倒的な面積を占める巨大建造物でありながら、実のところ、この大山古墳について、私たちはほとんど何も知らない。本当にそう言ってもいいくらいの知識しか所有していない。

大山古墳は、現在も、無数の秘密に満たされた古墳なのである。

そもそもまず、ここに「誰」が葬られているのかがわからない。「誰」と「誰」が、と表現した方が現在は正確かもしれない。

かつて歴史教科書で「仁徳天皇陵」と呼ばれていたものが、「大山古墳」「大山陵古墳」と呼び習わされるようになったのも、被葬者の「不明性」が、諸資料の精緻な分析から「鮮明」になってきたからに他ならない。

一つの指標として、『宋書倭国伝』に見る倭の五王をあてる考え方がある。「讃」、「珍」、

「済」、「興」、「武」に関する記述に基づく比定である。だがうまくいってはいない。
「讃」には第十五代応神《おうじん》天皇、十六代仁徳《にんとく》天皇、十七代履中《りちゅう》天皇を比定する説がそれぞれ並立し、いまだ結論をみない。つまり、宋の武帝から最初に「安東将軍《あんとうしょうぐん》倭《わ》国王《こくおう》」の称号を得た人物が誰なのか、確かなことは判明していないわけである。「武」の第二十一代雄略天皇についても、いまだに強い異論がある。

　この「倭王」たちは、それまでの王とは異なり、大陸との関係を重視し、列島のみならず朝鮮半島の覇者たろうと意図した人物であると考えられる。それが誰なのか明確にはわかっていない。

　五世紀初めに、卑弥呼以来一五〇年を隔ててようやく対中外交を再開し、冊封《さくほう》関係の樹立を目指した最初の王が特定できていないのである。『記』『紀』の編者が五王の名を取り上げなかった理由として、彼らを河内の王朝とは別筋の倭と考えていた可能性も排除はできない。こうした状況の中で、同じく五世紀の築造が明らかな、大阪湾を望む古市、百舌鳥古墳群の巨大陵に眠る人物を特定し難いことは必然である。

　また、大山陵の被葬者を特定する場合、隣接する二つの巨大古墳（反正《はんぜい》天皇陵古墳・履中天皇陵古墳）との整合性が最重要となる。

　ところがこれも、考古学研究の新たな知見により、かえって状況が複雑さを増し、現在の指定の誤りが周知された上、百舌鳥古墳群の巨大古墳三基は、「史上最難解の壮大なパズル」（矢澤高太郎『天皇陵の謎』）と呼ばれるほどに、ますます謎を深めている現状にある。

加えて、世界遺産認定を受けたにもかかわらず、仁徳天皇陵指定された大山古墳への国家管理の手は緩むことはない。

二〇一八年に例外的に実施された宮内庁と堺市の合同発掘調査は、内堤の石敷きと円筒埴輪の埋設状況の公開に繋がったが、古墳のごく一部の調査に留まっており、古墳の本体に迫ることにはなっていない。

むしろ、闇を深める調査であったようにすら見える。

実は私がこの大山古墳に深く惹かれていったのは、こうした現代の表面的な調査をあざ笑うかのような、大胆な石室調査が、すでに明治初期に行われていたことを知った時からである。

しかもその盗掘めいた発掘調査は、近代国家の承認のもとに、まさにその近代国家の中心的な担い手によって実施されたものであった。

周濠の利用など、本来周辺の民に「開かれていた」陵墓を聖域に変えてゆくのは、万世一系の皇統譜の先端に自らを位置づけて、その正当性を担保しようとした明治国家に他ならないが、その国家主体が、自らが禁忌へと変えてゆく始祖への関心を抑えかねていた事実には、大変興味深いところがある。裏を返して言えばそれは、不明なものを不明なままに尊崇することが、国家権力の発現を可能にしたことを意味するからである。

そこでは、権力というものの本来的な危うさが、鮮明に露わになってゆくと言えるのだ。

3

私が魅了された「盗掘者」の話をしよう。

大山古墳玄室への侵入者。先述した税所篤のことだ。類い稀な骨董マニアであるばかりでなく、墓荒らしを趣味とする厄介な明治人。しかもそれを可能にする権力を所有していたから始末が悪い。あまり友人にはしたくないタイプの男である。

考古学者森浩一の著作を通じて、私は税所篤の名前を知ってはいた。だが彼の存在が私の内部で鮮明な形を取り始めたのは、息子の失踪後のことである。息子と共に赤坂天王山古墳に侵入した強烈な印象が、私の記憶から消えることはなかった。そのこともあってか、息子の失踪以降、休日の度に、近傍に点在する古墳を散策する習慣が生まれた。

毎週のように高崎線や宇都宮線に乗って埼玉の奥地や群馬、栃木に行き、稲荷山古墳、大室古墳、総社古墳をはじめとする多くの古墳を訪ねた。同時に父の映画を見返し、古墳関連の書物を読み漁った。

何かに没頭することによって、心身が軽くなるのを感じた。

そんな中、いつしか一人の男の存在が私の頭を占めるようになった。

それが税所篤だった。税所もやはり、古墳に囚われた男の一人だった。

実のところ、私は何かを忘れるようにして、日々古墳に潜っていたに過ぎないのだが、おそらく、古墳玄室に侵入する自己の体験の積み重ねが、そうした行為に憑かれてゆく自己への説明を、何らかの形で要求したのではないだろうか。

税所篤はそんな私の恰好の標的となった。

地位と権力を手にしながら、盗掘の欲望を捨て去ることのできなかった税所への関心が、私の中で徐々に膨張していったのである。

私は少しずつ、禁忌となる大山古墳の石室へと踏み込んでいった税所篤の行動と内面に執着するようになった。

税所は大山陵古墳玄室内部を自らの目で見た男である。

彼の内面に分け入ることは、ある意味で、大山陵に踏み込む彼の体験を共有することになる。それは、空中から陵墓を眺めて、暗示めいた言葉を呟くこととは違っている。より深く、何かの淵源を目がけて自らの身を沈めていくことを意味しているはずなのである。

私はそれを望んでいた。

税所の心の闇を見たいと思った。

説明のつかない衝動に突き動かされているとしか思えない税所篤の欲望の形が、私を強く魅了した。彼の中には、言葉で己を満たす前に、自らの狂気に身を任せようとする、本能的な「知」が宿っていた。

私はその一隅に触れたいと願った。

4

大山古墳の不思議の一つに、二つの埋葬施設の存在がある。

主たる埋葬施設の存在が確認されている後円部の他、前方部にも埋葬施設があり、そこから天皇の棺《ひつぎ》と考えてもおかしくない巨大な石棺と希少な副葬品が出土した。

一八七二（明治五）年九月上旬、ある暴風雨の日、大山古墳前方部中段正面部において竪穴式石室が露呈し、その修復・清掃の過程で、内部から巨大長持型石棺《ながもちがたせっかん》、鋲留金銅製短《びょうどめこんどうせいたん》甲冑《かっちゅう》、鉄製刀剣、ガラス製容器などが出土した。

石棺は開けていないとされる。石棺周囲の遺物の写生図を作成し遺物を含め石室をそのまま埋め戻した。この時の石室・石棺および出土品についての記録は、その模写が私文章として継承され、今も各所に残されており重大な資料とされている。

この発掘と修復処理に関わった人物が、明治初期に和泉国・河内国・大和国一円を包括していた堺県《さかいけん》の第二代県令税所篤《さいしょあつし》である。

薩摩藩士で島津斉彬《しまづなりあきら》に重用され、西郷隆盛や大久保利通の盟友として「薩南の三傑」と呼ばれ、各地の県知事、元老院議官や枢密顧問官を歴任した税所は、古美術品の収集家としても知られ、古美術の鑑定を得意としていたことから、正倉院御物《しょうそういんぎょぶつ》の整理係にも就任している。

この税所篤の「癖《へき》」とも言える古墳への執着ぶりについては、玉利勲『墓盗人と贋物づくり――日本考古学外史』（平凡社選書）が詳しく明らかにしている。

税所の行為は、古墳の聖域化を目指す明治政府の意図を遥かに逸脱して、国家の諸制度が誕生する過程の混乱に乗じ、権勢を利用して自らの好奇心を追求してゆくという体《てい》のもので、大山古墳の処理に関しても「盗掘」の疑いを掛けられても仕方ないような過剰性が見受けられる。それ以前に税所が関わった大阪府柏原市国分の松岳山《まつおかやま》古墳、大阪府藤井寺市沢田の長持山《ながもちやま》古墳乱掘の例を見ても、また、後述する彼の性格を考慮しても、税所篤は、過去の権力の秘密を暴くことができる機会を与えられた際に、一瞬たりとも躊躇することのない人間的資質を備えていたと考えられる。

考古学者森浩一は、『巨大古墳の世紀』（岩波新書）などで、明治五年の大山古墳後方部発掘事件に詳しく触れ、税所篤の関与を手厳しく追及している。

堺市立中央図書館に写真版が残されている『堺県公文録』をもとにした事のあらましは、

森に拠れば、以下のようなものだ。

明治五年九月の発掘より少し前、四月の段階で、「仁徳陵」が鳥の巣窟になって汚れているから清掃したいという願いを、堺県側が教部省あてに提出し、それを許可されている。九月、清掃行為の進行過程において、石室と石棺が出現。そして、流布している石室・石棺写生図に記された日付・九月七日の六日後の九月十三日付で、

> 大ナル盤石《ばんじゃく》ノ傍《かたわら》ニ小石ナド有之《これあり》、取払《とりばらい》候《そうろう》処《ところ》、右大石ノ下《し》タ空穴《からあな》ニテ、覗《のぞ》見《み》候《そうろう》処《ところ》、甲冑 幷《ならびに》 剣其外《そのほか》陶器類、且《かつ》、広大ノ石櫃《いしびつ》有之、一面ノ石蓋《いしふた》ニテ、何《いず》レモ貴重御品ト身請《みうけ》（中略）就《つい》テハ御見分《ごけんぶん》ニテモ可有之哉《これあるべきや》

と、堺県は国に対して御陵清掃の報告と共に、「偶然」の発掘物の処置について伺いを立てる。教部省はそれに対し翌年五月二十八日付で、「御掃除ノ儀、是迄《これまで》ニテ御差止《おさしと》メ、仮小屋ハ勿論、御構中ニ有之候《これありそうろう》小舟二艘共御引揚ゲ」と、清掃の即刻中止命令を出し、同時に墳丘内の仮小屋と小舟の撤去を命じている。

この命令は、発掘から翌年の五月までの間に堺県と国との間にどのようなやり取りがあったかを想像させるものである。国は、堺県の行いに、乱掘の可能性を嗅ぎ取っていたと推測できる。公文書による発掘記録が残されていないのに、筒井家文章、岡村家文章と

いった私文章によって発掘図面が広く堺市民に継承されてきた事実も、この発掘がどのように進められたのかを窺わせる充分な証左と言えるだろう。

発掘行為の継続を不可能にする教部省の厳格な対応や、上述してきた経緯などを鑑みた上で、森浩一は、この仁徳陵前方部の発掘が、税所篤を中心に事前から入念に準備されてきた発掘計画であったと論ずる。そして森は、文部省が管轄し明治初期に盛んに実施された社寺宝物調査と巧妙な連携を取りながら、文部省・宮内省の官員や、宝物模写の画師など、税所の個人的な人脈をも巻き込んで行われた一大プロジェクトであったということまで示唆している。

私は森浩一の推論にほとんど誤りがないと考えている。

その上で、地方行政を牛耳る権力者である税所篤が、その仁徳陵の発掘計画にあたって、むしろ「建前」を守ろうとしているところに大いに興味を覚える。

つまり税所は、自己が管轄する領地のかつての主権者の実像に触れたいという抑えられぬ欲望を持て余しながらも、明治天皇が、古代の「聖」なる始原へと連なる存在であることによってはじめて、天皇を中心とした国民統制の権力が実効化することを知っていた。税所が、国家の強固な主権を製造している人間の一人であるという自覚と共に、そうした権威の源に、秘すべき空洞があることを知っていた人間であったことが、何よりも重要なのだ。それは逆から言えば、秘すこと、すなわち、虚無を「埋葬」することが、権力の誕生を意味することを知っていたということをも意味している。

税所は、自らが暴き、自らの目で見た石室が、その荘厳さから、仁徳天皇本人の墓であると推測していた。それればかりか、重要な石室を本来あるべき後円部ではなく前方部に置いて被葬者をカモフラージュする方法をも充分に理解した上で、自らの発掘を公にせず秘匿している。ここでは割愛するが、森浩一は、そうした税所の古墳への理解の深さのみならず、発掘の「計画性」を物語る傍証となる後日談をも提示している。

実は堺県は、明治三年初頭にも、百舌鳥耳原南陵（現履中天皇陵）堤筋《つつみすじ》の修補を巡って教部省と交渉している。履中陵で堺県が実際に何を行ったのかはわかっていない。いずれにせよ、こうした陵墓の補修や清掃といった名目での地方業務の延長線上に、県令・税所篤の計画が醸成していったのではないだろうか。

ただし、その計画の核心は、公的な命令系統からは明らかに逸脱するものであり、なおかつ、公的なお墨付きがなければ実行が難しいものだった。天皇陵の「清掃」のために参集した当地の人足たちは、公的な命令の後押しがなければ決して「仁徳陵」の石室を開くことはしなかっただろうと考えられる。

だからこそ飽くまでも税所は、清掃という表面上の「公的許可」を得た上で、深く「埋葬」された王権の秘密を暴こうとしたのである。

5

西郷隆盛や大久保利通と比較して税所篤の経歴はあまり知られていない。詳細な伝記もまだ書かれていない。

幕末には薩摩軍の参謀として一隊を率いて参戦、後に新政府軍の軍事費などの財政処理を務めている。新政府では、内国事務判事を経て、大久保利通の推薦により河内・兵庫・堺・奈良各県の県令・知事を歴任。盟友の西郷が西南戦争に突き進んでゆく明治十年には、畝《うね》傍《び》山東北陵（神武天皇陵）の修復の建言を行うなど、税所は堺や奈良で「古《いにしえ》」を見つめており、西郷に連座して罪に問われることはなかった。宮中顧問官、霧島神社の宮司、枢密顧問官をも務め、明治二十年九月には、維新の功により子爵を授与されている。明治四十三年六月二十一日、郷里の鹿児島市下荒田《しもあらた》町の自邸で死去、享年八十四歳であった。

公的な履歴ばかりでなく、むしろ現れては消える泡沫《うたかた》のような同時代のゴシップを追跡してみると、税所の人柄や、明治の民衆がこの政治家を当時どのように見ていたかについて、より一層の実感を得ることができる。明治期において文人や政治家のゴシップを巷間に流布する役割を担っていた『読売新聞』に限って、税所の記事を少々辿ってみよう。

堺県令として松岳山や長持山の古墳を暴いていたのとほぼ同時期、明治十年の明治天皇関西行幸の折にも、税所篤は重要な役割を果たしている。

明治十年二月八日・九日にかけて、税所は明治天皇の東大寺参拝に同道し、御案内の役目を担った。九日の午前中、正倉院宝物見物の際、税所は天皇につき従い、明治天皇が中国伝来の香木「蘭奢待《らんじゃたい》」を「長さ二寸目方三分八厘（約七センチメートルほど）」切り取らせるその現場にも立ち会っている。「蘭奢待」とは、奈良時代聖武天皇の御世に伝来した逸話の多い香木（乾燥した古木の塊）であり、足利義満・義政、織田信長、徳川家康らが小片を切ったとされる名香である。古代愛好家として税所の横顔が想像できる。

明治二十二年には、奈良県知事に転じていた税所が、堺県令時代と同様の逸脱行為に手を染めていることを証明する新聞記事がある。

同年八月六日、知事であり子爵である税所は、奈良県下の道路工事の変更を、主務大臣に了承を得ることなく実施したかどで、内閣より「譴責《けんせき》」の処分を受けている。何の目的で、どこの道路工事の変更を実施したのかは明らかでない。ただ税所が、大山古墳発掘の姿勢をその後も全く変えていないことが窺われる挿話である。

明治二十年に大阪から分離した新生奈良県（第二次奈良県）の初代知事となった税所は、進言を受けて奈良公園の拡張工事に着手、明治二十二年には東大寺境内、春日野、若草山など山間部を編入し、現在の奈良公園のアウトラインを作り上げてゆく。時期的には、この公園整備工事と関わる道路敷設計画の変更であろうが、国に秘して道路の敷設位置を変えるという行為からは、何かを「掘り当てて」しまった県知事が、国に報告できない調査

郵 便 は が き

お手数ですが
切手をお貼り
ください。

102-0072
東京都千代田区飯田橋3-2-5
㈱ 現 代 書 館
「読者通信」係 行

ご購入ありがとうございました。この「読者通信」は
今後の刊行計画の参考とさせていただきたく存じます。

ご購入書店・Web サイト			
	書店	都道府県	市区町村
お名前《ふりがな》			
〒 ご住所			
TEL			
Eメールアドレス			
ご購読の新聞・雑誌等			特になし
よくご覧になる Web サイト			特になし

上記をすべてご記入いただいた読者の方に、毎月抽選で
5名の方に図書券500円分をプレゼントいたします。

お買い上げいただいた書籍のタイトル

本書のご感想及び、今後お読みになりたいテーマがありましたらお書きください。

本書をお買い上げになった動機（複数回答可）

1. 新聞・雑誌広告（　　　　　　　　）　2. 書評（　　　　　　　）

3. 人に勧められて　4. ＳＮＳ　5. 小社ＨＰ　6. 小社ＤＭ

7. 実物を書店で見て　8. テーマに興味　9. 著者に興味

10. タイトルに興味　11. 資料として

12. その他（　　　　　　　　　　　　　　　　　　）

ご記入いただいたご感想は「読者のご意見」として、新聞等の広告媒体や小社Twitter 等に匿名でご紹介させていただく場合がございます。
※不可の場合のみ「いいえ」に○を付けてください。　　　　いいえ

小社書籍のご注文について（本を新たにご注文される場合のみ）

●下記の電話や FAX、小社 HP でご注文を承ります。なお、お近くの書店でも取り寄せることが可能です。

TEL：03-3221-1321　FAX：03-3262-5906
http://www.gendaishokan.co.jp/

ご協力ありがとうございました。
なお、ご記入いただいたデータは小社からのご案内やプレゼントをお送りする以外には絶対に使用いたしません。

を実施した可能性を否定できない。
そもそも無類の歴史愛好者、史跡古墳マニア、骨董品収集家が、たまたま堺や奈良の県令、知事に命じられたのか、あるいは、そうした自らの嗜好を生かすべく中央政府の大久保に働きかけたのか、本当のところは判然としないところがある。実のところ、巷でも税所篤に対するそのような印象は広く共有されていたようだ。

税所の晩年、明治四十年九月二十八日『読売新聞』掲載の「奇聞珍聞」という読者投稿欄にはこうある。

子爵税所篤氏は有名なる古物《こぶつ》好きにして家には奇品珍物《きひんちんぶつ》山のごとくに蔵せるが氏が奈良県知事となるや管内を視察して至る所古器物《こぶつ》を蒐集《しゅうしゅう》せられしが或る時有名なる某寺にて佛體《ぶったい》を見垂涎《すいぜん》禁ずる能はず寺僧《じそう》に乞《こ》ふて借りうけ家に持ち帰り何日《いくにち》たちても返《へん》付《ぷ》せざるを以て寺僧の督促厳しかりしが子爵一計を案じて社寺保存を名として寺僧に金十円を贈呈したれども寺僧の督促尚ほゆるまず遂に其佛體を力まかせに庭前に投ぜしを以て寺僧茫然為す所を知らず聞けば此佛體は稀有の珍品なりと（後略）

確証のない読者投稿に過ぎないが、火のないところに煙は立たない。
しかも税所が存命中の記事である。この記事は、一定の「税所篤像」が巷間に流布していなければ放埓《ほうらつ》な誹謗中傷《ひぼうちゅうしょう》であり、「奇聞珍聞」として成立しない。税所が自分のそばに置きたがった「佛體」の真の価値を知っていなかったとは考えにくい。国宝級の仏像ならば、明治末とはいえ、寺僧に渡した「十円」はいかにも安い。

実は、税所は「有名なる古物好き」の名が巷に響き渡っていたばかりではない。明治新政府の「金庫番」を務めていたからだろうか。税所の「吝嗇《りんしょく》」ぶりと、伊藤博文ばりの「女好き」も、世間では周知されていたようだ。

一八八二（明治十五）年十一月二十四日、税所が五十代の頃の『読売新聞』の記事。堺県令から元老院議官となり一時東京住まいとなっていた時期の税所の動向を、間接的に「批評」するゴシップが掲載されている。一面四段組みの二段を使った比較的大きな記事である。

横浜の外国人居留地にある英国人の商店に、「ラシャメン」（西洋人の愛人となる日本人女性への蔑称）として住み込む「おせい」を辞めさせなければ放火するという張り紙が出された。居留地警察署が捜査したところ、犯人は別の店でコックをする宮本岩吉という男で、この山田おせい（十八歳）という女を見初め、近付いていたが、自分に何の釈明もせず英国人商店に「妾《めかけ》に住み込んで」しまったところから、腹立たしまぎれに、「おせい」を困らせるつもりでやったと自白した。

記事の告げる事件のあらましはこれだけなのだが、読売の記者は、ここからなぜか執拗に、年若くして愛人稼業をする「おせい」の経歴に目を向ける。

「おせい」は大阪府九条村の上田宇之助の養女であり、大阪時代「なかなかの別嬪《べっぴん》なれば旧堺県令税所篤君のお目に止まり十五歳の冬同君の権妻《ごんさい》（妾《めかけ》。引用者註）となりて本年三歳になるお辰という子供までできた」が、税所が元老院議官として東京に転任するため、「七十円の涙金」で子供と共に暇を出された。「おせい」はその後生活に困窮し、東京の「三田四国町」に居住する税所のところに窮状を訴えるために上京したところ、「暇を出しき上は何ほど困ろうとも此方《こちら》では関係せぬと強く」言われ、子供もいる身だから「素手《すで》にて追い拂うのも気の毒」と「金五円」もらって去り、その後は東京で再び「妾」として職を得、横浜にまで流れ着くことになったという。税所が自分の子を連れたかつての愛人に与えた金は、額面上わずか仏像の半額であった。

　この記事は、関係者を巡る固有名表記に曖昧さが全くないことから、大半が事実の取材に基づいた叙述ではないかと推察される。

　記者の正義感は、刑事事件となった横浜外人居留地における業務妨害ではなく、完全に、年若い女性の運命を弄んだかつての「旦那」、税所篤の悪徳に向けられている。

　もっとも明治十五年のことだから、税所篤の名がニュースバリューの前提であったというよりは、一つの出来事を取材するうちに、薩摩のエリートの「汚名」を探り当てたといった具合だと思うが、それにしてもこうした記事が、西郷や大久保とはまた異なる、人間的・

小市民的な税所篤の政治家イメージを作り出す要因になってゆくことは疑いなかろう。

6

明治期にはゴシップ紙の印象の強い新聞であるとはいえ、『読売新聞』たった一紙を追跡するだけでも、骨董好き、女好き、吝嗇の傾向のある税所篤の人間性は髣髴《ほうふつ》とする。ただ私は、彼の所業を、一度権力を手にした人間が、それを縦横に利用して私利私欲を満たしていたものとばかりは見ていない。その公人としての評価の高さもさることながら、税所の、墓を暴いて権力の源泉を肉眼で確かめようとする欲望の形は、他者の内部に芽吹き始めた才能を、鋭く見抜く彼の眼力と通底していたと思う。

村上浪六という名を知っているだろうか。

明治後期、村上浪六の筆名で書きまくっていた小説家は、尾崎紅葉や鷗外、出発期の漱石を遥かに凌駕する国民的作家であった。

現在はほとんど読まれなくなってしまったのだが、明治二十四年の『三日月』をその嚆《こう》矢《し》として、明治大正期には相並ぶもののない人気作家として不動の名を恣《ほしいまま》にした大衆作家・村上浪六が、抑えの効かぬ狼藉ものであった少年時代の自分を救い上げ、堺から東京に連れ出してくれた大恩人として、この税所篤の名を筆頭に挙げていることを忘れることはできない。

自らの子を宿した妾の少女を切って捨てる酷薄さと共に、才能ある若者の未来をしっかりと見据えて手を差し伸べる温かい眼差しをも税所は有していた。やがて大作家となる少年浪六を伴走者として率《ひき》い、愛人おせいと我が子を放逐《ほうちく》したその選択の間《あわい》に、税所篤という人間の本質が宿っているに違いないのだが、彼らとの関係の深い事情については、今やほとんど闇の中であり、残念ながら議論することはできない。

ただ西郷、大久保という同郷の天才に導かれるように中央に躍り出て、見事なまでに自らの能力を発揮する場を発見するこの明治の元勲の一人が、本来的に凡庸で非力な人間であったからこそ、時代に選ばれしものとしての「不思議」に憑かれ魅了されていたことは疑いないと思う。

信長と家康が切ることを命じた正倉院の宝物「蘭奢待」を、今度は明治天皇が命じて切らせる瞬間を、すぐそばで目の当たりにしながら、税所は、自らが「歴史」に参与しているという実感に震えたに違いない。西郷や大久保と共に、自らが日本の「歴史」を「進めている」という強烈な思いを味わいながら彼が生きていたことは疑いない。

自らが命ずるものとしての位置に立ってみたからこそ、その命令の依って来《きた》るところ、すなわち、自己の横に静かに座して蘭奢待を切らせている絶対的な権威というものの「秘密」に魅了されてゆくのではないだろうか。しかもその権威は、藩閥政治のごとき、議論の趨勢《すうせい》や武力の相対性に左右される儚《はかな》いものではなかった。時の流れという圧倒的な重みに支えられた不可解な力の存在に触れ、その巨大な権力の一翼を担う己の存在の「不思議」に目を眩《くら》ませながら生きていたのが、税所篤という政治家だったのではないだろうか。

外力に押された明治国家は、強大な権力による内的諸力の統制を、「早急に」実現する必要があった。

古代に学んだ税所は、身をもってその重要性を知っていた。

権力の中枢にある本質的な「いかがわしさ」は、何よりも先に隠蔽する必要がある。というより、「いかがわしさ」を完全に埋葬して作り上げる「聖性」こそ、権力の源泉に他ならないのである。

つまり、権力の中枢には、果てしのない空無がある。

権力を持った税所はそれを知っていた。

だから王の墓を掘った。

そこには自分と同じ、空無しか存在しないことを確かめるために。

新聞記事に露見する己の「いかがわしさ」を、その都度封印しながら、明治政府の目をかいくぐって古代の権力者の墓を掘り続けた税所の行為は、ある意味で一貫していたと言っていい。

実のところ、彼は、古墳の形をした、空虚な自己の源泉を掘っていたのかもしれない。

絶対に辿り着くことのない、自己の源泉を。空無を。永遠に。

とすれば……。

古代史に魅惑されて映画を撮り続けた父もやはりそうだったのだろうか。

針箱を投げつけて拒絶した父親とは別の場所に、より深く大きな源泉を、果てしのない空無を発見して、それを掘り続けてきたのだろうか。

それればかりではない。

もしかすると、私も同様なのかもしれない。

失踪した息子に背を向ける私の姿は、妾の産んだ子を捨てて古代天皇の墓を暴く税所篤の姿と似ていないこともない。息子を探さず、いつまでも無目的に古墳に潜り続けるこの私の姿と。

ある時、孫を深く愛する映画監督は、私に、息子を探し出し、殴ってでも連れて帰ってこいと言った。

私は断った。

そんなつもりはない。

今後もそうするつもりはない。

彼は自由だ。

実は、失踪する直前、一緒に熊野から伊勢を回って別れる最後の瞬間に、私が息子に告げたのも、これと全く同じ言葉だった。

進路に悩む様子の息子に、別れ際、私ははっきりとこう告げた。

お前はもう自由だ。

いつ問われても、私は彼に、何度でも同じ言葉を掛けるだろう。

血では購えないものがある。

息子もそのくらいのことは知っている。

国の起源に固執して探求を続けることと、寄る辺ない自らの存在を血に委ねることは、おそらく同義である。

それらは共に、これまで私たちを足元から支えてきた一つの「幻影」なのだ。

これからの私たちは、そうした血に、頼り切ることはできなくなるだろう。

血の誓いは、国家や血脈による紐帯とは別のものになってゆくのかもしれない。

それならば、血に背くことを恐怖する必要などない。

新しい人々は、そして、血に傷ついた人々は、時には、血に背を向けることがあってもいい。

それは禁忌ではない。

生を味わう本当の喜びは、そうした自由の中にこそある。

だが……。

同時に思う。

私は、税所篤のように、五円渡して、父子の絆を断ち切れるだろうか。

税所の狂気を、本当に模倣できるだろうか。

果たして、我が子の存在を完全に忘れて、王の墓を暴き続ける狂気を、この身に宿すことができるだろうか……。

7

税所篤について、一つだけ付言しておきたい。

私は、税所が広義の「盗掘者」であったと思う。

何の根拠も示せないが、大山陵前方部を掘った税所篤が、玄室にあった石棺を開けなかった可能性は低いと私は見ている。

策を練り、国を欺いて玄室の重い天井石を動かした男が、その中の石棺に手を付けないことなどあり得そうにない。

さらに言えば、森浩一が疑うように、よく知られた「ボストン美術館所蔵の関係遺物」は、やはり税所の行為との関わりを考えるのが最も合理的ではないかと思う。

ボストン美術館には、一九〇八（明治四十一）年収蔵とされる「仁徳天皇陵出土」と明示された獣帯鏡《じゅうたいきょう》、環頭《かんとう》太刀《たち》柄頭《つかがしら》と、それらの一括遺物として扱われる馬鐸《ばたく》と三環鈴《さんかんれい》がある。これらは一九九〇(平成二)年十月には東京国立博物館で開かれた天皇御即位記念の「日本美術名品展」の折、里帰りして出品されてもいる。

これらボストン美術館の収蔵品は、大山古墳築造の五世紀から一世紀下って六世紀のものであるとの可能性も指摘されており、森の推論を裏付ける確証はいまだ揃っていない。だが、ボストン美術館遺物が、真に大山陵出土品であるならば、明治五年の税所の発掘と、それらとを無関係なものと考えることはできないと思う。遺物を所有していたのが税所自身であるかは別として、土地の者たちに協力を乞うて行われた発掘の過程で出土した遺物なのではないだろうか。

留意しておきたいのは、明治国家によって、陵墓の聖化や各地の宝物調査が精力的に進められる過程と、浮世絵をはじめとする日本の美術品が海外に流出してゆく過程とが、完全に一致しているという事実である。

近代における遺物の調査・整理・記録・撮影の実践とは、国家による「歴史」的価値の認定、「美」の規定のプロセスであり、それは明治の識者たちの個人的な才覚に大きく委ねられていた。国宝的な宝物や美術品が明治期に大量に国外流出するのは、論理的に考えれば、まさにそうした「選別」が実行されたからであり、そうした選別を実施する「権限」を誰かが所有していたからである。

税所篤は日本の「歴史」の射程を画定し、「日本」を作り上げる権限を有した明治人の一人に他ならないが、税所より二回り年若い岡倉天心も、まさにその一人だった。東京美術学校を設立し、日本美術院を創設した岡倉天心は、言うまでもなく、国家の「美」を輪郭付け、遺物の「歴史」的価値を認定する資格を有する明治期の第一人者である。

岡倉が、米国の日本美術研究者で、浮世絵を四万点所有するビゲローの紹介でボストン美術館中国・日本美術部に迎えられたのは一九〇四（明治三十七）年のことである。

ボストン美術館が「仁徳天皇陵出土」品を収蔵する明治四十一年前後は、岡倉がボストン美術館のために世界各国を奔走して収蔵品を集め、何度も渡米を繰り返していた時期のことである。天心が「鏡」に深い関心を寄せ、中国で大量に買い集めたり、奈良の骨董屋からも古美術品を送らせたりしている模様は、松本清張が『岡倉天心　その内なる敵』（新潮社）において詳述している。「仁徳天皇陵出土」の認定は、ボストン美術館における東洋美術品収集の権限を有していた岡倉天心によって行われたものと推察される。

一方、奈良県知事時代、税所篤は、東大寺での美術講演会にアーネスト・フェノロサを招いている。

骨董や日本美術への深い関心を共有するという相似のみならず、フェノロサとの交流を通じた税所篤と岡倉天心との関係性を考えてゆく必要がありそうだ。

もし万が一、大山陵前方部石室出土品の米国流出が、彼ら二人の手になるものであるとするなら、彼らの行為は、単なる遺物売買・宝物流出とは異なる意味を持つことになるだろう。

言うまでもなく、それは、国家統合の「秘密」の流出をも意味することになる。

第五章　別離

1

未来は、現在を通じて過去と繋がっているものなのだろうか。

あるいは、現在を経由しない限り、過去と未来は出会えないものなのだろうか。

こんな愚にもつかないことを考え始めたのは、私の内部で、過去と未来が、現在を飛び越えて直接に結び合うような、そんなおかしな感触が、首をもたげ始めたからである。

うまく説明ができないのだが、それはこんな風にして起こる。

ある未来が見える。現在には不在の、欲望の対象が浮上する。厳密には、これは紛れもなく現在の欲望なのだろうが、ひとまずそれは置くとしよう。現実には不在の、未来の領域にしか所属し得ない対象でもあるからだ。

ある未来が浮かぶ。それと共に、ある過去が蘇る。忘却の彼方に完全に追いやられていた、私にとってはすでに不在の過去が、未来の想定と共に、ありありと蘇るのだ。未知の過去と、未知の未来とが、直接に結び合うのである。

ある重大な記念日がある。その日は私にとって忘れ難い日だ。私の現在を作り上げ、私の価値観をその根底から支える一日である。すでに何年も前に過ぎ去ったその日のことを、私はありありと記憶している。そして何度も反芻し続けている。

だがある日、その記念日の前日、つまり、私にとって些細な日であり、忘却どころか、完全に消滅していた一日が、頭を殴られたかのような強烈な印象を伴って蘇ってくることがある。

人は誰も、十年前の平凡な一日の、昼食の副菜を想起することは困難だろう。翌日の誕生日のディナーの構成は思い出せても、その前日のランチに食べたものまで思い出すことなど誰にもできないのだ。

だがそんなことが、ごく稀に起こりはしないだろうか。

どうでもよいと思っていたそのランチこそが、あるいは、そのランチの時に誰かが発した凡庸な一言が、翌日の誕生日のディナーなど比較にならないぐらいに、本当は自分にとって限りなく重要なものであったことに、痛烈に気付かされたことはないだろうか。

私にはそんな体験が幾度かある。

そしてそうした想起の瞬間には、必ずと言っていいほど、未来への決断が関わっている。未来を構想し、選び取ろうとする時、それも、それまでは自分とまるで関わりがないと思われていた未来が、にわかに私の前に出現し、そこへの進路を選択しようとしている時、完全に忘却していた過去が蘇り、私の現在を飛び越え、未知で不確定の未来へと直結してゆこうとするのである。現在の拘束を放たれた、過去と未来が直截に繋ぎ合うかのような不可解な瞬間が、このようにして私のもとにやってくる。

箸墓や大山古墳の周辺を歩き回っていた頃、あるいは、古代史の文献に深く身を浸していた頃、私には度々そうした瞬間が訪れた。それまで消去されていた過去の体験を、再び生き直すかのような時間が、生き延びるための未来を探して漂泊する私のもとにやってきたのである。

私は、手探りで自己の未来を探し求めながら、同時に、自らの知らなかった自分自身の過去を、もう一度生き始めた。そこには私の知らない風景があった。私の知らない言葉や表情があった。私は、自己の内部にしか存在しないそれらのものたちと、まるで初対面であるかのように出会い始めたのである。

赤坂天王山古墳に出かけてから、およそ半年後の二〇一八年四月。

私は失踪前の息子と最後に会った。

私たちは紀伊熊野にいた。

そこには不穏な予兆が確かにあった。

だが今思うと、その時、私はそこで本当の意味で息子と出会えてはいなかった。熊野への参拝は、私にとって、長く続いてきた親子の儀礼の一つに過ぎなかった。それまでの旅と同じ、一つの旅であった。

私が熊野の旅を共にした息子と、顔を合わせたようにわずかに感じられたのは、実は、ごく最近のことである。

息子の失踪は、そして、その反動としての古代への漂泊体験は、私の人生の記憶を完全に作り変えてしまった。一つの記憶が蘇ると、それが別の記憶を刺激してそれが連鎖し、私が記憶していた世界の色は、最後にはすっかり変容してしまったのだ。

今となっては、失踪後一年以上過ぎてから、私は息子とはじめて別離の挨拶を交わしたような気さえしているのである。

2

那智の海辺の古刹《こさつ》に、開花の遅い八重桜が重い蕾《つぼみ》を開き始めていた。

紀伊勝浦の港から船で渡った小島にある宿で一泊した翌日、高齢で足の悪い母が念願としていた補陀落山寺《ふだらくさんじ》でのお参りを済ませた後、私たちは息子と待ち合わせた新宮《しんぐう》の駅に急いだ。

母は京都から来る孫と会うのは実に久しぶりで、タクシーの中では、観世音菩薩《かんぜおんぼさつ》のいる楽園に入るために自殺決意の渡海を企てた修行僧たちを鎮魂する仏を今しがた見てきたことなどまるで忘れてしまったかのような口数の多さだった。

私の方はと言えば、補陀落浄土《ふだらくじょうど》を目指した狂信的な中世の僧たちが、実際に舟を漕ぎ出した当の浜辺、浜の宮を見忘れていたことに気付いて閉口していた。

渡海の海を見なければ何の意味もない。

四月初旬の麗《うら》らかな日和で、補陀落山寺を背にして浜辺まで歩いて下りてゆけば、白砂《はくさ》青松《せいしょう》の語がそのまま当てはまる南紀の美しい海の向こうに、四方を鳥居で囲われた船室に幽閉された僧が、経文を唱えながら非力な船と共に海の向こうに消えてゆく姿を、この目で幻視できたかもしれなかった。

熊野を訪れたのは何も母の願いによるものと言うだけではなかった。

留年して五回生となる息子に会っておく必要もあったのだ。

前年の秋、共に赤坂天王山古墳《あかさかてんのうざんこふん》に潜って以来、私も、息子とまともに話をする機会は持てていなかった。

彼の進路を巡って、話をしておく必要があった。

息子が大学を卒業するつもりがあるのか否か、私にはよくわからなかった。

こころの奥底では、自分の決めたようにすればいい、とだけ思っていた。

おそらく息子自身は、岐路に立たされている、と感じているはずだった。

二十三歳は自分の道を決めるには充分に大人である。しかし、充分に大人であるということの意味を本当に理解することは難しい。

息子に何かを告げる用意はなかったけれども、それまで成長の過程で幾度も繰り返してきたのと同じように、道に迷った息子に、何かを示唆することはできるのではないかと考えていたのである。

だが、事前に電話でやり取りしている時から息子の様子は少々おかしかった。

誘いに応じた息子の口調は、気乗りのしない投げやりな調子だった。

まあ、無理もない。

留年が決定した大学の春休みに、会っても別に楽しくはない高齢の祖母や親父のお守りをして、興味のない熊野三山を巡らなければならないのだから。

むしろ父親や老いた祖母に付き合って霊場《れいじょう》を旅するということ自体、息子が成熟していることの証しと見るべきかもしれなかった。

新宮の駅に現れた息子は以前よりも少し痩せているように見えた。

今考えてみると、彼の持ち前の飄々《ひょうひょう》とした態度の中にも、何か落ち着きのない、眼の焦点が定まらないような心の揺れがあったような気もする。もしかすると息子は、すでに私たちには話し難い何らかの闇を、内部に抱え込んでいたのかもしれなかった。

実は私も母も、直感的に、そうした違和感を覚えていなかったわけではない。だがそれは、旅の最中にはっきりとした言葉の形をとることはなかったし、何よりそれは、二十歳そこそこの男にとってはきわめて自然なことでもあった。

私自身にも経験はある。

先に微かに見えていた光明が重く大きな壁で遮《さえぎ》られ、足を踏み出す場所を失う度に、自己に賭けられた他者の期待の前で、これまで何度平静を装わなくてはならなかっただろうか。まるで自分の未来が完全に閉ざされてしまったかのような場所で、どんな風に踏み留まるかを、誰かに試されているように感ずる苦しい時期が、どんな人間にも必ずある。

いずれにせよ旅の最中ずっと、息子は私に心の内を明かさなかったし、そうした隙を私に与えないように気を配っていたように思える。私や祖母に、踏み込んだ話をされることを避けるためか、必要以上にスマートフォンを眺める姿ばかりが目に留まった。確かにそれは少し病的なくらいだった。

3

新宮から熊野本宮大社に向け、熊野川に沿って十津川街道を北上する途中、小さな道の駅のような場所に立ち寄った。

　眼下には、不思議な濃緑色に染まる熊野川がゆったりと流れている。あと三十分も自動車を走らせれば、熊野本宮大社に参詣する人々が多く宿泊する湯の峰温泉に到着する道の途中である。平行に走る川と国道を挟むようにして、道沿いに延々と山が続いている。山中を縫うように走る熊野古道《くまのこどう》とは異なり、谷底を流れる川に沿って街道を作り、霊山の奥地と、新宮の街中にある熊野速玉大社《くまのはやたまたいしゃ》を直線的に結ぶライン。そうした場所にあるドライブインの駐車場の片隅で、高い二本の鉄塔と、その傍らにある死者を慰霊する石碑を発見して驚いた。

　紀伊半島大水害。

　平成二十三年の台風一二号により、紀伊半島は雨量二〇〇〇ミリを超える記録的な豪雨に見舞われ、甚大な被害が発生した。奈良・三重・和歌山の三県で死者七十二人、行方不

熊野

明者十六人を出す大災害にもかかわらず、ほとんど自分の記憶にないことに啞然とした。

遥か先に見上げる鉄塔に刻まれた水位のラインを見てさらに目を疑った。

それは駐車場の路面から約八メートル先の高みにある。集中豪雨によって氾濫した熊野川の普段の水面は、駐車場から崖を十数メートル下らないと行き着かない。山間《やまあい》の渓谷とはいっても、周囲には東京ドームを幾つも抱え込めるような広大な空間が広がっている。一体、あれほど眼下に見える川の水が、どのようにしたらこの広大な空間をいっぱいに満たすことができるのだろうか。どれだけ大量の水が空から落ちてきたのか、少々想像を超えたところがあった。言ってみれば、新宮から熊野の山中に入るまでの果てしなく長いこの街道の全域が、どこもかしこも完全に水に覆われてしまうような事態に陥らない限り、遥か頭上に見えるラインまで水位が上がることはあり得ないのである。

調べてみると、この水害によって氾濫危険水位を超えた多くの河川の中で、圧倒的な最高水位を記録したのがこの新宮市の熊野川であった。

最高水位一八メートル七七センチ。

これは海抜〇メートルからの高さではなく、川によって設定された「基準面」からの高さ、すなわち、津波で言うところの「浸水高」ではなく「浸水深」に相当する数値だから、感覚的には、人間の頭上に突然水深二〇メートル級のプールが出現してくるのと変わりはないわけである。つまり、集中豪雨によってあたかも津波が生じたのと同じような水のエネルギーが、この熊野川の流域を一挙に押し流し、あらゆるものを浚《さら》っていったのである。これは、熊野という聖域の風景を一変させてしまうような事態に他ならない。そういえば、水害後七年も経つというのに、熊野川沿いのあちこちで土木工事が続いているわけである。そして、これほどまで大きな規模の被害をもたらした災害の記憶が、私の内部に全く残されていない理由にもすぐに思い当たった。

平成二十三年。つまり、二〇一一年の夏のことなのである。

水害が起きたこの年の夏、日本は下手をすると国土全体が放射能で汚染される可能性のある激甚災害に襲われていた。報道は東日本大震災関連のもので覆い尽くされていた。紀伊半島大水害発生の事実は、もちろん全く報道されていないわけではない。しかしおそらく、震災と原発事故の陰に、すっぽりと隠されてしまっていたのである。

陸前高田、石巻、宮古、女川、南三陸、そういった場所が、どれほど高い津波に洗われたのかに強い関心を向けながら、『地震と文学——災厄と共に生きていくための文学史』（笠間書院）という本を書き継いでいた当時の私は、同時期に発生した紀伊半島の水害が、何を押し流してしまったのかについて考える余裕を失っていたというわけなのだ。言ってみれば私は、自己と関わる災厄を、巨大な一つに収斂させて目を眩《くら》ませていたことになる。もちろんこれは、歴史なるものから目を逸らしていたことを意味するだろう。

傍らにいた息子はと言えば、そんな私の感慨には全く無関心の様子で、私や祖母とはあまり口をきこうとはしなかった。

むしろ私たちとは距離を置こうとするようだった。

以前にはあまり見られなかった態度だった。

私には察するところがあった。

幼い頃から、こんな風に父や母の家族の旅に付き合わされることが息子の日常であったのだ。こうした旅を、血族によって自己を抑圧される体験と感ずるなら、それはきわめて地獄的な風景に違いない。幼い頃は、その都度親に合わせた表情を作ることができていたとしても、どうしても父母に沿わせることのできない固有の欲望が渦巻き始め、自分の始末を自分の手で付けられる大人になったと知ったならば、親に対して、取り繕っていた顔とは別の顔を向け始めてもよいはずなのだ。

だが息子にはそれも充分にはできなかったようだ。父と祖母が、単に補陀落渡海の思想に惹かれ、熊野信仰の秘密に魅せられてそこにいるのではないということくらいは、彼にはわかっていたからだ。自分だけではなく、私と祖母とが、そしておそらくは、家族と呼び合う者たちの多くが、自分と同じような痛苦を抱えて生きざるを得ないことくらいは、おそらく彼にはわかっていた。だからこそ彼は、不満を燻《くす》ぶらせつつそれを表情から消し、旅の「客人」としてぎこちなく振る舞うしかなかったのだ。

私は息子のことを一人の人間として見ていたように思う。血の繋がった子供として、というよりは、一つの主体として見ていた。
今となっては、そのことが、よいことだったとは思えない。でも仕方がない。離れた場所から息子を眺めることが、父としての私の習い性になっていたのだ。そんなことは、一朝一夕に変えられることではない。

4

数キロ先からも遠望できるほどの巨大な石造りの鳥居の下を抜けると、そこが大斎原《おおゆのはら》である。熊野川上流の中州に広がる台地、この大斎原に、かつての熊野本宮大社があった。宇多《うだ》法王、白河上皇の熊野御幸《くまのみゆき》以降、熊野の霊場はその権威を一層高め、熊野の御師《おし》や山伏の活動によって熊野詣《くまのもうで》の参詣人は全国各地から集まるようになる。政治的・宗教的権威を幾重にも纏《まと》うことで高度に洗練され、山野《さんや》を抜ける苦行を課して旅の魅惑を増幅させたこの霊場の核心に近付くためには、その最後に、着物の裾を捲《まく》って裸足となり、急流を避けて川を渡る必要があったわけである。旅で穢《けが》れた心身を冷たい川の水で清めさせる禊《みそぎ》の装置は、生まれ変わりの体験を提供する異次元の時空に入境するライセンスの意味を持っていたに違いない。「ここ」とは違う場所への越境を、見事に演出する舞台装置が、かつての熊野には整備されていた。

だが、一八八九（明治二十二）年の十津川（熊野川）大水害が、それまでの社殿を破壊する。中州にあった旧社殿が流出した当時の様子を思い描いてみたければ、前述した下流にある道の駅に立ち寄ってみるのがいい。熊野川の氾濫によって、大人の背丈のどのくらいの上方までが水没するものなのか、想像を超えた身体的実感を得られるはずである。

もちろんかつての社殿のあった場所は、熊野川の上流に位置しているため、山全体が水に浸されるような被害にあったわけではない。そこはむしろ、雨の水を貯め込んで一挙に下流へと押し流す場所にあたる。しかし明治の豪雨で社殿は破壊されてしまった。現在は大斎原から北に一キロほどの地盤堅固な山裾に移築されている。

それでもすでに百年以上の時を刻む熊野本宮大社の古色蒼然たる社殿が、歴史を感じさせる静かな威厳を湛えていることは言うまでもない。

ただ正直に言えば、社殿を建造したロケーションという点では事情が異なる。移築にあたっては流された過去の材料を使用しているとはいえ、安全の確保された現在の社《やしろ》の所在地は、少々魅力に欠けている。かつての社殿が置かれた場所は、現在のそれとは比較にならないほどの、限りない魅惑に満ちた聖域だったと思われるのだ。

そのことは、大鳥居を抜け、かつて社殿のあった位置に設《しつら》えられた石碑にお参りするだけでなく、大斎原の地形全体の起伏を足で感じ取りながら、ゆっくりと歩いて回ってみるとよくわかる。

大斎原を、熊野川主流沿いに屈曲した半円を北に向かって一キロほど歩いていると、熊野三山の他の二社、滝の傍の熊野那智《なち》大社、海沿いの熊野速玉大社のロケーションと同様に、かつての熊野本宮大社が、他ならぬその場所に置かれていた理由をリアルに体感できる。熊野本宮大社が主祭神とする家都美御子大神《けつみみこのおおかみ》＝素戔嗚尊《すさのおのみこと》や、天照大神《あまてらすおおみかみ》、あるいは、薬師如来、阿弥陀如来といった人間的な「意味」に満ちた表象によって修飾されるずっと前、もともと熊野三山、熊野信仰の根源には、圧倒的な「水」の恵みに帰依する原始信仰が存在したと考えられる。

那智御瀧《なちおたき》の神秘に起源する熊野那智大社、海の恵みを寿《ことほ》ぎ海神の威力を讃える熊野速玉大社と同じように、熊野本宮大社の信仰の根元には、山の資源を海へと運ぶ水路であるかと思えば、一瞬にして人間生活を土崩瓦解《どほうがかい》させる強烈な潜在力を有する川と天《あめ》の「神」が坐《いま》したことは疑いない。

5

春たけなわの晴れた日に、大斎原の熊野川沿いを散策してみるといい。

そこが単なる河辺ではないことは明瞭である。身を殺して南海に漕ぎ出した上人たちが夢見た世界の風景が、見事にそこに現前する。

それを「補陀落」と呼んでも、「パライゾ（paraiso）」と呼んでも、「ニライカナイ」と呼んでもいい。一度この風景を見てしまったら、それが永続する世界を、南海の向こうに夢想したくなるのも頷ける。

大鳥居を抱く中州の大地を左に見て、小高い土手を北へ向かって歩く。

左手側の大地と梢の鈍い褐色は、自分の身体を中心にして、右手側のコバルトグリーンへと変わる。絵具で染めたかと思われる不可思議な色を湛えて静かに流れる熊野川の向こうの山には、季節に相応しい見事な桃色に変化した桜花《さくらばな》が木々の緑を染め上げている。現在は、かつてとは植生が変わっているかもしれない。だが、この聖域に入境しようとした者たちに、艶《あで》やか山桜と華麗な紅葉が準備されていたであろうことは想像に難くない。熊野に坐す神々にとって、そんなことは朝飯前の芸当であったはずである。

山一帯を美しく春色に染め上げる桜花の向こうには、川面の色とは全く異なるこれまた絵筆を用いたようなスカイブルーが雲を浮かべて土手を歩む人間の世界を包み込んでいる。鮮川の両岸に目を戻せば、濁りのない白砂が、川のコバルトグリーンを引き立てている。鮮やかな色彩の絵画世界に迷い込んだかのような夢見心地の感触を実体験できる場所が、春の熊野川の川辺、大斎原なのである。この場所が宗教を生み出さないはずはない。この舞台の真ん中に、異境を築こうとした古代人のアイディアは、必然と言ってもいいほどだ。

そんな絵画的な世界の演出によって、私も一瞬、異境に連れ出されたようだ。

それは抗うことのできない強い力であった。

私と息子は、足の悪い母を置いて、二人でこの土手を歩いた。

一種狂気を孕んでしまいそうな原色の世界に恍惚となっていた私に、突然、息子が言った。

「役所でも受けてみようかと思う」

想像していなかった言葉だった。

おそらくそれは、自らの能力や、卒業までの単位と猶予とを自分なりに計算して、ぎりぎりの思考の中で絞り出した息子なりの結論であるはずだった。

だが私は夢の中にいた。

観音浄土に憧れて海に漕ぎ出す渡海上人の傍らにいた。

息子の言葉は私を心地よい酔いから覚ます無粋《ぶすい》な言葉に過ぎなかった。

しかし、私は父親であり、私自身、役人のように生きる教員であった。息子の言葉を頭から否定し去る資格などない。ただ同時に、嘘をつきたくもなかった。

「役所で何をやりたいんだ」

「別にやりたいことはない」

「人生は一度だ。自分の好きなことをやって生きろ。自分の道を自分で自由に選べ」

息子はそれ以上何も言わなかった。

私にも言うことはなかった。

沈黙の中で私たちは歩いた。

もしかすると、私たち二人は、熊野の神に試されていたのかもしれない。桜色とコバルトブルーに染め上げられた楽園に向かう川べりの道を歩きながら、私は数時間前の印象的な光景をふと思い出した。

そういえば先刻、息子は一人で熊野大社を参拝することを望んだのだった。現在の熊野本宮大社は山を登った場所にあり、足の悪い母は境内へ向かう参道の階段を歩いて上ることができないため、私たちは新宮から乗ってきたタクシーで境内の近くまで連れていってもらうことにした。

参道の入り口付近までタクシーが近付いた時、助手席に乗った息子が、ここで止めてください、と唐突に言った。

どうやら彼は参道を自分の足で上ってゆきたいらしい。社殿まで、大人の足なら数分の道だ。上で落ち合うことにして息子はタクシーを一人で降りた。

息子は振り返ることなく熊野権現の白旗の脇を抜け、あっという間に、本殿に向かう階段の先に消えていった。私と母は、彼の小さくなる背中を見送った。

考えてみれば、彼は、日本に三千社近くあると言われる熊野神社の、京都にある末社の一つのすぐそばで、四年以上も暮らしているのだった。のみならず彼の住む寮には、「熊野寮」の名が付けられている。優秀な頭脳の持ち主ばかりでなく、一癖も二癖もある変人が巣食う学生寮の中で、生まれてはじめて自分の力で、自分の居場所を探そうと藻掻いてきたに違いない。

つまり息子には、御社に向かう参道をまっすぐに上って、熊野の神に一人で対峙する理由があったというわけだ。

今考えてみると、一人で参道を行こうとした息子の行為には、おそらくは彼自身も自覚していない何らかの意思が宿っていたように思う。

あるいはそれは、親たちに訣別を告げる無意識の振る舞いであったのかもしれない。だとすれば、「自分の道を自分で選べ」と私に言われる前に、息子はとうに自分の道を歩み始めていたことになる。

私はあまりにも美しい大斎原の土手を息子と二人で歩きながら、言葉にならない漠然としたやりきれなさを感じたことを覚えている。

血を分けた親子でさえ、人は畢竟《ひっきょう》、他者に触れることなどできないのかもしれない。それはあまりにも寂しい感情である。しかしたぶん、真実でもある。

私は私で、息子には見ることのできない異界をまっすぐに歩いていた。それは昔と変わりない。それを変えられるならば、私が幼い息子を失うようなことはなかっただろう。それはまさに私の得手勝手で、誰かに簡単に理解してもらえるようなことではない。

だが、同じ土手を歩みながら、すでに息子は息子で、私とはまるで別の異境を歩いていたのかもしれないのだった。

6

熊野の山から下りた私たちは、新宮に向かうバスに乗り込んで下界の温泉を目指した。途中、十津川街道を右に折れ、山間の道を暫く行くと雲取温泉に辿り着く。私たちはそこで最後の一泊を過ごした。

時期のせいもあるのか、熊野三山はどこもかしこも、ヨーロッパから来た健脚のバックパッカーで溢れ返っていた。熊野では、アジアからの観光客をあまり見かけることがない。日本の山を「歩く」のはどうやら、白人たちの専売特許になっているらしい。殊に宿泊価格が手頃なため、雲取温泉は若い白人客で混雑していた。

温泉の中では、英語の騒音で親子の会話が遮られた。世界を歩くためには社交的でなければならないといった強迫観念に駆られた初対面の白人客同士が、わずかの沈黙をも恐れるように大声で情報交換をし続けていたのだ。飛び交う英語の中で、熊野古道を一人歩き続けてきたであろう華奢で姿勢のいい日本人の単独客たちが、居心地悪そうに身体を洗っていた。私と息子は早々にそこを出た。

夕飯の時に、何かを決めかねている様子の息子に、「暫く一人になってみたらどうだ」と言ってみた。

複数人が同室で暮らす寮生活では、落ち着いて自分の未来を考える時間が持てない。私自身は高校を卒業してすぐに、多数のアルバイトを掛け持ちし、自力で部屋を借りて大学に通ったものだから、そもそも、一人になれず本を読むことが難しい環境の中で、いつまでも寮を出ようという決断をしない息子のことを不思議に思っていたのである。彼の母親は一人暮らしの援助まで申し出ており、寮を出ないのは彼自身の判断だった。だから、そろそろ一人暮らしを始めて、自分がどう生きてゆくのかを考えてみる時間を持ったらどうか、という意味で言ったのである。

息子の答えは簡潔で、実に当を得たものだった。

彼は飯を頬張りながら、まるでその問いかけを待っていたかのように答えた。

彼の返答を、そしてその口調を、今はっきりと思い出せる。

「俺は今までずっと一人だったんだ」

私は言葉を失った。

そう言われて、子を手放さざるを得なかった父親は何と答えることができるだろう。

私はただそれを肯定するしかなかった。

彼は寮に、自分の家庭以上の居心地のよさを感じていたのかもしれない。

おそらく、この時のやり取りが特に息子の記憶には残ったのではないだろうか。

そう思うのは、息子の残したあの手紙があるからだ。

このやり取りから数か月後、息子は一人寮を出て姿を消す。そしてこの熊野への旅からおよそ一年後の三月に、私に手紙を残して逃亡することになるのである。

実のところ、息子が手紙の中で書いている、「生きたいか」と聞かれて「はい」と答えたというやり取りを、私ははっきり記憶していない。というより、その言葉のままの応答はなかったと思う。

岐路に立たされていることを知っていたから、息子との会話はそれなりに切実なものであったに違いないが、「生きたいか」といった、あまりにも存在論的な問いかけを行う文脈は、旅の途中に浮上しなかったように思う。

しかし私が、旅の渦中において彼に、「生きたいか」という問いを発し続けていたという事実をも、今は認めざるを得ない。

そうなのだ。

私の発する言葉の全ては、彼にとって、「生きたいか」という意味しか持たなかったのだろうということが、今はわかる。

息子の手紙は、私たちの対話の本質を、純粋化し、要約したものである。たぶんあの時、彼は私が思う以上に瀬戸際にいた。「一人になれ」という言葉も、「何をして生きてゆくのか」という問いも、彼にとっては「生きたいか」という、もっと深刻な文言として胸を刺していたに違いない。私は息子に、「生きたいか」という、まるで神が高みから発するような言葉で、彼を鼓舞しようとしていたのである。

7

息子がどこに消え、今どこで何をしているのか、私は今もってそれを知らない。ただ彼が、今も生きており、この世のどこかで、何らかの苦しみを抱えながら生き抜こうとしているような感触が私にはある。

手紙が言うように、彼は弱かったのだろう。

手紙はさながらに真実を語っていると思う。

自分がすでに選択し背負ったものを、本当の意味で、誰かに担わせることは決してできない。一度背負った荷は、自ら背負い続ける他ないのだ。息子との、この二度目の離別によって、私もまた、自らの選択したことの結果を、永遠に背負い続けているように思っている。言ってみればそれは、物理法則のようなものなのだ。

ただ、息子にはこう告げておくべきだったかもしれない。

子が親に会うのに資格は必要ない。

これも、ある意味では、普遍的な法というものだ。

この熊野の旅、つまり、私と息子が最後に会ったこの旅では、不可解な記憶がもう一つある。それについて簡単に記しておこう。

雲取温泉で一泊した次の日、私たち三人は、特急電車で紀勢本線を三重の津方面へと向かった。京都に帰る息子は、新宮から時計回りで大阪方向に北上した方がずっと近道に違いないのだが、折角だから伊勢神宮に寄ってゆきたいという私の提案を受け入れ、まっすぐに東京に帰る祖母を見送りがてら、父親に付き合って回り道をしてくれたわけである。

古墳や寺社仏閣を巡ることを好みながら、神仏への信仰を持たない私は、神宮に参拝する正式の作法をろくに知らない。他人様の墓の内部に入り込んでも平気な人種だから、そもそもそんなことを重視していない。いつでも周囲の参拝客の行動を見様見真似で模倣して、極力罰当たりなことをしないように心掛けているくらいのものだ。

伊勢神宮参拝に際しての息子は、私と違っていた。

例えば彼は、参拝前の禊に代わる意味を持つ手水《てみず》の作法を正しく知っていた。

右手で柄杓《ひしゃく》を持って水をくみ、左手を清めた後、柄杓を左手に持ち替えて右手を清める。再度柄杓を右手に持ち替え、左手で受けた水で口を漱《すす》ぎ、改めて左手を清めた後に柄杓を立てて残り水で柄を洗い清めるという、まるで茶道のような手の動きを、息子はごく自然な動きで完璧にやって見せたのである。

もちろん、私にはそんなことを教えた覚えはない。
熊野寮に住んでいるからと言って、京都の熊野神社に毎日参拝するわけでもあるまい。
私が聞いても、息子はその理由をはっきりと答えなかった。
どうやら息子には息子なりに、私の知らない世界の広がりを持つのかもしれなかった。

第六章　出雲

1

二〇二〇年三月。

日本は、大きな危機に突入する前夜を迎えていた。

まだ新型コロナウイルスの感染が国内でどこまで広がってゆくのかは、はっきりと見通せない状況にあったが、中国での感染拡大は周知され、諸外国の悪しき兆候が断片的に報道されつつあった。首都圏の薬局からはマスクが一斉に消えていた。

日本でも徐々に移動の自粛が語られ始め、都心部以外にも感染者が広がり始めていた。

おそらく私も、三月の下旬に入っていたならば、予定していたとはいえ、旅には出なかっただろうと思う。行動に過剰な規制が伴うような不自由な旅に出ても楽しくはない。

しかし、私が旅の目的としている場所には感染者が全く出ていないか、いても数人であり、精神的には、首都圏から脱出する方が、よほど心地よいことも事実だった。やがて私のような意図を持つ都市脱出者が、地方で激しい攻撃の的になってゆくことになるなどということは、その時点ではまだ想像できなかった。事実、三月中旬のその旅行中、東京からの旅人である私が、旅先の人々に忌避されるということは全くなかった。むしろ旅行者が極端に減り始めていたので、店に入っても、誰かに何かを尋ねても、普段よりも歓迎されているという印象の方が強かった。もしかすると、あと一週間ほど時期がずれていたら、状況はずいぶん違っていたのかもしれない。

息子の逃亡から一年が経とうとしていた。

息子が京都で母親に見つかり、自宅へと連行され、東京から駆け付けた父親に会うことを拒否して逃亡したのは、ちょうど一年前、二〇一九年の三月のことであった。

私はその時には息子と会えていないので、紀伊熊野を旅した二〇一八年の春に、最後に伊勢神宮で別れを告げて以来、丸二年間が過ぎたことになる。子供の頃から離れて暮らしていたとはいえ、これほど長く息子の消息に触れることができない経験は、私にとってははじめてのことであった。

息子の行方が気にならないわけではなかったが、私は、自分の内部で、一つの物語が少しずつ醸成され始めていることにも気付いていた。これはある意味で、失踪した息子の力に依るものでもあった。彼の意図しないメッセージが私の中で一つの形を成しつつあることを、彼の行方以上に大事にしたいという意志が、私の中に芽生え始めていた。

もしかすると、私は見えない息子と「対決」しているのかもしれない、という思いすらあった。正確に言えば息子というより、私が選ばなかった、別の生き方との抗争が、そこには横たわっているような気がした。もちろん、生きることや家族との関わりを、抗争と捉えるイメージの貧しさは充分に承知している。だが人間は少なくとも生きてゆかなくてはならず、そのためには自己をどこかで肯定し、受け入れてゆかなくてはならない。他者の前で「私」であろうとすることは、他者との何らかの「抗争」を必要としているのではないだろうか。私にとって息子は、たとえ姿を消そうとも、誰よりも重大な他者の一人であった。

そしてもしかすると私は、明日を生き延びてゆくために、自分自身の物語を作ることを通じて、消えた息子ばかりではなく、自己流の古代史を、力ずくで生み出した父という他者とも戦っているのかもしれなかった。

形を成し始めた私の物語は、感染の緊張を強いる都市を離れて、遠く旅に出ることを私に要求した。それは、皆が国家の起源と考えている場所からも遠く離れて、私たちの本当の起源へと接近する旅なのかもしれなかった。

私は、まだ息子が暮らしている可能性のある京都を飛び越し、古代の渡来人たちが次々と漂着した海辺へ、山陰と北九州地方へと向かった。

私にしては珍しく、目的のある旅だった。

2

旅の目的は大きく分けて二つある。

一つは、出雲における古代王権のありかを、出雲や松江をできるだけ動き回って体感すること。出雲の地が、列島統合と関わる多くの歴史的伝承を担う場であることはいうまでもない。

出雲には黄泉の国の入り口である黄泉比良坂《よもつひらさか》の伝承地があり、また、出雲大社の西に位置する稲佐の浜は、記紀が、この国誕生の起点に位置付ける場、すなわち、「国譲り《くにゆずり》」が行われた舞台として紹介する場所である。皇祖神天照大神の命に反して、抵抗し続けていた大国主命《おおくにぬしのみこと》が、とうとう国譲りに承諾する場が稲佐の浜なのである。箸墓古墳を、自らの起源と関わるものとして提示した記紀は、この出雲の地を、権力統合の一つの起点として描き出しているわけである。出雲を歩き回れば、古代この地がどんな場所であったか摑めるかもしれないという漠然とした期待があった。

それればかりではない。出雲には、箸墓以前における繁栄の痕跡を、最も鮮明に、物理的に証明する墳丘墓が存在する。弥生末期、巨大古墳が出現する直前の大型墳墓である。出雲に行く最大の目的はそこにあった。

もう一つの目的は海を渡ることだった。長崎県壱岐島《いきのしま》に渡って、博多湾に上陸した渡来人の「渡海」の実感に触れてみることである。船に乗り、島から九州に渡る海路を辿る旅をしてみたかった。『神々の履歴書』が幾重にも描き出していたように、朝鮮半島から次々とやってきた古代の渡来者たちが体験した風を、肌で感じてみたかったのである。

中国・九州地方を巡る今回の旅は、「やまと」を軸に古代を考える想像力を、身体的に相対化するために、是非とも必要な旅であった。「日本」誕生の前夜、畿内から遠く離れた場所に、覇権を競う強力な勢力やクニグニが幾つも存在した。今なお厳然と残されているその痕跡に、自分の手足を動かし、この肉体を通じて触れる旅である。

もしかすると、惑乱する心と、纏まらない思念の落ち着き先を、いまだに私は、この頼りない中年の身体に求めているのかもしれない。

実際、私はこの一人旅に何かを期待していた。

魂を再び生き生きと脈動させ、未来をありありと夢見させてくれる逞しい活力を、私に充塡してくれる「何か」との遭遇を、心から願っていた。

そしてもしその「何か」が私の前に出現するならば、それは、過去からやってくるのではないかとも思っていた。見過ごしていた歴史との遭遇。読み飛ばしてきた書物の血肉化。

そんな形での過去の「発掘」が、未来を照らしてくれるかもしれない。

もちろんそれは、古代史を巡る一つの「確信」の到来であってもよかった。統合以前のこの列島の姿が、私の心の中に、くっきりとした形を伴って浮かび上がる瞬間がやってくるなら、それは願ってもいないことだ。

それは疑いもなく、私が未来を力強く歩む大きな糧となるに違いない。

3

感染の危険性を回避すべく、旅程は事前の計画を少し変え、夜行寝台特急の個室を使ってまずは出雲に向かった。コロナの影響か、人気のある夜行列車にもかかわらず、客室は埋まっていなかった。

午前中に出雲市駅に到着。

松江には数年前に来ていたが、出雲に降り立つのははじめてだった。

「比べると面白い出雲平野の六大古墳」。

駅で手に取った出雲市文化財課の発行する古墳めぐりマップ『こふマップ』には、こんなキャッチコピーが記されている。簡略な地図と共に掲載されているのは、六世紀後半から七世紀にかけて、つまり古墳時代後期築造の六つの古墳の紹介である。

出雲に来た主目的は、この地で営まれた四隅突出型墳丘墓《よすみとっしゅつがた》を一度この目で見ておくことにあった。前方後円墳が列島を席巻する前の、特殊な古墳形態である。二世紀末から三世紀初頭にかけて、おそらくは卑弥呼が女王として共立されるほんの少し前、この出雲には周囲を圧倒する強大な政治権力を有するクニが存在していた。「古墳時代」以前と説明されるこの期の強大な権力の痕跡に触れておくことは、卑弥呼の時代を、それ以前の諸勢力との関わりの中で考えてゆかねばならないと思い始めている私にとっては、是非とも必要なことだった。

だが偶然手に取った『こふマップ』はかなり魅力的だった。そこに掲載されているのは、旅の目的とは異なる全く新しい時代の古墳ばかりだったが、石室への侵入に固執するようになっていた私は、観光案内所で偶然勧められた『こふマップ』の存在を無視することもできなかった。

昼までに、マップに記された古墳六基のうち、上塩冶築山古墳《かみえんやつきやま》をはじめとするめぼしい四基に立て続けに潜った。

体験の累積は徐々に記憶を鈍麻させるが、同時に、続けて石室に入ってみることで、出雲市の『こふマップ』が示そうとする古墳それぞれの微妙な違いがよくわかる。

ほぼ同時期の出雲地方の首長たちが、横穴式石室という流行の墳墓形態を同じように選択しながらも、微妙なデザインの差異に配慮しながら墳墓を築いていることが把握できて実に興味深い。やはり石室は、墳丘形態と共に、何かを仮託された「表現」として機能しているのである。

私が見た出雲の古墳は、奈良の赤坂天王山古墳とほぼ同時代の古墳であり、墳丘の形は異なれども、石室の構造はたいへんよく似ている。基本的に、畿内に発する当時の広域的な流行に沿っているのだ。六・七世紀における列島のネットワークが拡大し、緊密になってきていることを身体的に実感できる。

そして、大きさや構造が似ているからこそ、かつて息子と侵入した崇峻陵、赤坂天王山古墳の特異さが際立つことが、再確認できたと言えるかもしれない。

思えば、崇峻陵の、羨門をくぐり外に出てくるまでの、何とも言えないあの禍々《まがまが》しい感じは、出雲の古墳群にはまるで感じられなかった。体感的には、出雲の古墳にも、カビや湿気の凄さと、天井からの雫、朽ちた枯葉の山から現れる昆虫など、それぞれに石室内部の気味悪さが存在しないわけではないのだが、何か次元の違うものがあるのだ。

決して忘れることのできない、あの赤坂天王山古墳一号墳の入り口の狭さと、羨道に堆積した土砂、内部の圧倒的な暗さは、そうした印象を生み出す大きな要因だろう。あるいは、地方を治め讃えられた首長たちの墳墓と、暗殺された天皇の亡骸《なきがら》が収められた古墳という、事前の情報の違いが、私の印象を大きく歪めているのかもしれない。

4

一度出雲市駅に戻り、昼食をとってから反対口の出雲大社へと向かう。出雲大社を訪れるのははじめてのことだ。

少し前、上野の国立博物館で開催されていた「出雲と大和」展で、かつて高楼を支えていた心御柱《しんのみはしら》の実物を見たばかりだった。造営当初（一二四八年）の出雲大社本殿は、三本を一柱とする巨木に支えられ、数十メートルの高さで聳え立っていた高層建築物であったことが明らかになっている。

そのイメージが、眼前の出雲大社本殿と重なって見える。

背後に山脈を控え、稲佐の浜を近くに望む抜群のロケーションにある出雲大社だが、この地、杵築《きづき》と呼ばれるこの場所は、かつてはこの地方の中心地ではなかった。

出雲弥生の森博物館作成の、面白い地図がある。

古代の地形を表現した地図である。

弥生時代、現在の出雲大社周辺の土地は、巨大な川と汽水湖に囲まれた場所に位置していた。東にある現在の出雲市駅と、西にある出雲大社とを完全に分断するように、海域が大きく内陸に入り込んでいたのである。現在出雲大社のある場所には船を使わなくては渡れず、弥生期にはここは、陸の孤島のような場であった。古代においてこの地は、文化の中心とはなり難い場であった。しかし、そんな場所でありながら、なんらかの理由があって、鎌倉時代に、巨大な宗教施設を建設する場として選択されてゆくのである。

首都圏ではコロナ禍が始まりつつある平日だというのに、出雲大社への参拝者は少なくない。

人混みができるほどではないが、人の波は途絶えることはない。

先刻まで巡っていた古墳石室への訪問者が皆無であったのとは対照的である。

正式の参拝順序で巡りたかったが、残念ながら先の予定もある。

ひとまず拝殿に参拝して、直ちに訪ねたい場所へ向かうことにした。

本殿の裏手に回る。

素戔嗚尊《すさのおのみこと》を祭る素鵞社《そがのやしろ》は出雲大社の最深部にあり、八雲山を背にしている。

『古事記』によれば、出雲大社の祭神、大国主大神《おおくにぬしのおおかみ》は、スサノオノミコトから数えて六代目の子孫にあたる。

先祖を祭る場が、子孫の背後に営まれているのである。

おそらくは出雲大社の真の起源となる神、スサノオノミコトを祭る社に参拝する。

拝みながら思う。

本当のところ、天照大神の弟、スサノオとは誰だろうか。

自分が誰に祈っているのか、確信はない。

確信はないが、自分が何者と対峙しているのか、朧気ながら知っているような気がしてならない。

スサノオはどこにでもいるからだ。八坂にも、熊野にも、自宅の裏手の小さな神社にもいる。

日本の他の神々と同じように、偏在する神なのだ。

「誰」かわからぬ権力者を埋葬する天皇陵と向き合うのとは、感情が根本的に異なっている。この素鵞社の向こうには確かに私たちと関わる何者かがいる。少なくとも、「何」かを代表する者たちが眠っていると思えるのだ。

私は、漠然と頭に浮かんできた、滅び去った者たちの代表者と、漂泊の果てにこの列島を選び取った者たちの代表者に祈りを捧げた。

直接参拝できない本殿をぐるりと回って神楽殿を見た後、参道へと続く拝殿に戻る。もう一度拝殿に手を合わせておくことにする。

主祭神、大国主大神に祈る。

天照大神の命によって「高天原《たかまのはら》」から降り来《きた》った神に対して、「葦原中国《あしはらのなかつくに》」を明け渡し、「国譲り」を受け入れる大国主大神も、ある意味では、敗北者の祖先といえないことはない。

大国主は、そして出雲は、国造りを進める権力者にその地位を明け渡したのである。

敗北者の代表を敬うことは醜悪な行為ではない。

ふと見ると、周囲には参拝者が集っていた。

女性の参拝者が多い。

中には、尋常ではないくらいの長時間、手を合わせ続ける女性もいる。

彼女たちは、何も敗北者に祈っているわけではあるまい。

そう、ここは出雲大社なのだ。

政治権力を放擲して霊界に仕え、神事《かみごと》を治め、国家と皇孫を守ることを約束した大国主大神が、八百万《やおよろず》の神々を調停する場所なのだ。

神々と人々の「縁」を結ぶ大神の坐す場所なのだ。

そういえば、「縁」を結んでもらうことは、現在の私にとって何よりも重要なことかもしれなかった。

彼女たちの熱心さを観察している場合ではない。

手を合わせて私は祈った。

息子との縁があるように祈った。

彼と通じ合う言葉が今なお存在するように、霊界の主に向けて祈った。

5

出雲市駅からは少し離れている出雲大社を慌ただしく参拝した後、その日の最大の目的となる西谷《にしだに》墳墓群に急いだ。稲佐の浜へ行く時間はなかった。

山陰本線出雲市駅から東へ三キロほど、宍道《しんじ》湖に注ぐ斐伊《ひい》川のほとりに広大な敷地を占める西谷墳墓群がある。

すでに夕刻近くになっていた。

弥生時代の出雲の王族たちの眠る面白いデザインの巨大墳丘墓が、一体どのような場所に営まれているのか、それを知りたかった。

丘を登りながら父の映画を思い出した。

だがどうやら、『神々の履歴書』で見た風景とは、まるで様子が一変しているようだった。なにしろ三十年も経っているのだ。見学施設としての整備が飛躍的に進んでいる。

映画の記憶では、いまだ発掘の途上であり、砂塵《さじん》の舞う荒涼とした丘の上の古墳群とばかり思っていたが、現在は充実した「出雲弥生の森博物館」を備え、四隅突出型墳丘墓を代表する三号墳のある場所は、古墳間を移動しやすいように歩道を巡らせた美しい森の中の公園スペースとなっている。

四隅突出型墳丘墓とは、方墳の四隅が、墳丘の頂点へ上るかのように道を成している個性的な墳墓形態を指す。

発掘整備された最大の「よすみ」である三号墳の上に登ると、日本海方向への眺望が一気に開けている。

海は直接見えないものの、島根の最高峰鼻《はな》高山《たかせん》（海抜五三六メートル）を中心とした出雲の山稜が遥か正面に見え、その麓に広がる出雲市街が一望のもとに見渡せる。

出雲

弥生時代には、宍道湖は現在よりもずっと大きな湖であり、出雲市のこの西谷の数キロ先まで広がっていたと推定されている。

つまりかつては、この西谷墳墓群三号墳の墳丘上からは、西谷の山々と、日本側の山脈に挟まれるように形成された出雲西部の集落群全体と、玉造《たまつくり》温泉から松江へと繋がる広大な宍道湖の広がり、そしておそらく、空気のよい晴天の日で、現在隣接する高校の校庭が視界に入らない条件の下でならば、日本海に流れ込む神戸《かんど》川の曲線や、斐伊川と神戸川の作りなす古代の巨大汽水湖と、その対岸、すなわち、やがて壮麗な杵築大社《きづきたいしゃ》（出雲大社）が建築される土地までを、パノラマのように遠望できた可能性がある。丘陵を巧みに利用し、四隅を伸ばして墳丘上に登ることを容易にした古墳設計には、このパノラマを背景化した祭祀の実現という意図が込められていたのだろう。

まるでステージのような不思議な形をした墳丘の上に、かつての王族たちと同じように立ち、出雲市街を見渡す。

今にも日が沈もうとしている。

左手のグラウンドからは、高校生たちのトレーニングする甲高い声が聞こえる。

日本海岸に聳える山脈からまっすぐに吹き降ろしてきた風を、身体の正面で受ける。

私の足が踏みしめる場所からは、この地における「王権」に近い権力の存在を示す大量の副葬品が出土していた。水銀朱をはじめとして、多様な土器、ガラス製品、鉄製品といった出土品の出自は、吉備や越（北陸）、北部九州に留まらず中国、朝鮮半島にまで広がっている。かつての緊密で複雑なネットワークの存在を想像させる。

この「よすみ」を築いた王権の最盛期は、弥生末期である。この出雲における強大な権力の繁栄と滅亡の過程は、『魏志倭人伝』の告げる女王卑弥呼および邪馬台国の存在と、時期的におおよそ合致している。

一つの仮定をしてみよう。

弥生末期、二世紀の終わりに、この「よすみ」の上に立って世界を眺めていたとする。果たして「私」には何が見えたのだろうか。

四囲を高所から眺め、全方位と接続しようとする欲望の存在を、そこに認めることはできないだろうか。この「よすみ」の高みからの眼差しは、奈良の三輪山の頂上からのそれに匹敵するものではないのか。

遠い奈良の箸墓の地が、たとえその後の墓制の起源となる場所だとしても、古代においては競合する多数のクニの一つに過ぎず、諸勢力分布図の一つの均衡点でしかなかった可能性が、俄かに浮上してくる。

出雲の地から、畿内を眺め返す眼差しが、私の内部に徐々に育ってゆくのがわかる。なにも畿内には限らない。ここから熊野を、北部九州を直接見つめ返してもいいのである。実際、古代の人は、こんな風に世界を見ていたのかもしれない。

こうした見方は、墳墓の大きさを、手元の概念図で時代順に並べて見ただけでは決して得られない。古墳資料を通時的に計測して、国家の成立へと収斂させてゆく歴史観からは排除されてしまう視点なのだ。

二、三世紀の眼差しは、一旦「中心」を経由して周縁を見出す私たちの眼差しとは、根本的に異なっていたはずだ。求心的な権力の動態に身を寄せるばかりではなく、自己を核とした遠心的な力の拡散に身を添わせる生き方が、そこにはあったに違いない。

6

翌日、松江に移動した。

この出雲地方にある「熊野大社」を訪ねるためである。

松江の街並みを抜け、宍道湖に繋がる中海《なかうみ》へと注ぐ意宇《おう》川沿いに南進すると、すぐに意宇平野の田園風景が広がり、前方右には八雲山、左には熊野山（天狗山）の山塊が遥か向こうに見えてくる。紀伊の熊野本宮大社ほど山深い場所ではないものの、平野部の末端、山々を背後に控えた山裾に、熊野の大神は静かに居を構えている。

出雲国の「一宮《いちのみや》」だが、こじんまりとした印象である。

出雲大社の壮大な規模と比較してしまうからだろう。

出雲の国とは、例外的に、「一宮」が二つ存在し続けた国である。

それが西の出雲大社（杵築大社）と、東の熊野大社である。

これら二社の歴史的な関係はいまだに明らかではない。

ただし、ヤマト朝廷の地方支配の進行と、この地の豪族の権力闘争が、「一宮」を二つに分裂させる出雲の歴史に関与していることは疑いない。

現在も続く二社を結び付ける神事や、記紀、風土記に残された出雲系神話が、そのことを証明している。

しかもそれは、朝廷から派遣された権力が、地方統治に介入したという単純なレベルの話ではない。おそらく古代出雲の政治権力は、列島統合そのものに何らかの形で深く関与していた。

記紀に残された出雲系神話のボリュームは、記紀の編纂者が、国家統合の基層に、出雲の民が大きく関わっているという思いを抱いていたことを物語る。

出雲大社と対になる意宇平野の熊野大社の存在は、この地が、遥か遠方にある紀伊の熊野大社とも無縁ではなかったことを意味している。

出雲の熊野大社と、紀伊の熊野大社との共通性は、父なるイザナギに海原《うなばら》の統治を命じられたスサノオノミコトを祭神としている点にある。先述したように、出雲大社の最深部、素鵞社にも、スサノオが祭られている。海の神であるスサノオへの尊崇を通じて、紀伊の熊野大社も、出雲の二つの「一宮」も、日本海の遥か向こうを遠望しているのである。

「古事記」によれば、怪物と化した妻のイザナミに追われ黄泉の国から帰還したイザナギが、穢れた身体を清める際に洗った自らの鼻から生まれ出た神がスサノオであった。イザナギは、自らの左目から天照を、右目から月読《つくよみ》を、鼻から素戔嗚を生み出して国造りを完成させる。先述したように、スサノオは、八幡《はちまん》信仰における応神天皇・神功《じんぐう》皇后や、天神《てんじん》信仰における菅原道真に匹敵する、日本の最もポピュラーな祭神である。

全国各所に遍在する八坂神社、氷川神社、津島神社など、合算すれば、日本中の数千社を超える神社の祭神としてスサノオは祭られている。海を統治する神、スサノオとは、やはり海から来た人々、列島に高度な文物を持ち込む渡来人を表象するものなのだろうか。だとすれば列島の民は、日本全土に渡来人たちの偉業の痕跡を刻み付けようとしていたことになる。渡来人の子孫と共に、その祖先神を広く受容し、列島各地に勧請《かんじょう》し続けてきたことになる。

7

出雲の地に立ってみると、ある気分が生まれる。

日本海を背にして、畿内や熊野を眺める視点が醸成されるのである。

日本海からの風を背に受けてものを考え始めるのだ。

もちろん、風は多様な方向から吹いてくる。時には、北東から、出雲に吹き降ろしてくる風もあっただろう。

そして季節によっては、強い西風が吹くこともある。

古代に風を「読む」のは、何も「赤壁の戦い」の折の諸葛孔明《しょかつこうめい》ばかりではない。諸葛孔明が生きた三世紀の初め、どこであれ、優れた海人＝海神は、鋭敏に風を読むことが日々の仕事だった。

強い西風が吹けば、稲佐の浜は列島の有力な玄関口となる。対馬海流によって北に流された小舟が、緊急避難する漂着地にもなりうる場所である。かつて出雲大社を支えていた心御柱《しんのみはしら》は、この稲佐の浜に漂着した巨木だという説もある。昔から、ここには多くのものが流れ着いてきたのである。

五世紀に入って、より安全な瀬戸内海の航路が確立される以前、出雲は、大陸と半島から流入するものを広く受け入れる場であった。おそらく、今では消滅してしまった出雲大社南側の汽水湖＝干潟は、古代の巨大な国際交易港だったのだろう。とすれば、記紀が、この稲佐の浜を大国主の国譲りの舞台としたのには確たる理由があったことになる。また、出雲大社が、現在の場所に建設される理由も、充分なほどに存在したことになる。

熊野大社を後にして、松江市大庭町にある神魂《かもす》神社に向かう。

出雲巡りの、最後の訪問地である。

夜には中国山脈を越え、新幹線でその日のうちに博多へと向かう予定だった。

しかし、特別な空気を纏う場所であることを以前から聞いていたので、神魂神社にはどうしても寄りたかった。

伊邪那美命《いざなみのみこと》を主祭神とする神魂神社は、本殿は現存する日本最古の大社造（室町時代造営を一五八三年に再建）であり、国宝に指定されている。

かつて出雲国造家の代替わりの際の儀式は、明治初年までは当社に参向して行われていた。歴史的に、西の出雲大社、東の熊野大社と深い関連を持つ神社であり、おそらくは、国譲りの後の出雲大社と、畿内に近い意宇の地に置かれた熊野大社という出雲国二つの「一宮」、出雲の二大勢力を調停するような働きを担った御社ではないだろうか。

熊野大社から山道を下りて四三二号線に出て、松江に戻る途中に神魂神社はある。駐車場に面した階段を少し上ると、ひどく狭い敷地に築造された神魂神社の本殿がすぐに姿を現す。

松江では著名な観光地の一つとなっている場所だが、その日、参拝者は私一人だった。境内は森閑としている。

この社が再建された一五八三年といえば、織田信長が本能寺で死んだ翌年のことである。戦国時代の最末期に築造されたまま、その姿のままで残されている古色蒼然とした木造建築物の風合いは、四囲に、独特な張り詰めた空気を醸し出している。

寂しい場に一人立っていたからであろうか。

確かにこれまでに経験したことない雰囲気があった。

木が、五〇〇年近い時の流れを纏っていることがすぐに察せられる。

遷宮によってその都度新しくなる出雲大社や、伊勢神宮、戦後に造営された意宇の熊野大社本殿などとは、そばに立った時の感覚が全く異なる。

石や土ではない。

燃えたり、朽ちたりする危険性が、絶えず付きまとっているのだ。

一五〇〇年以上経過した古墳にも生み出すことのできない、不思議な緊張感を、神魂神社は湛えていた。

正直なところ、人間が木で作った建物に、自然な敬意を覚えたのははじめての経験だった。

京都でも、奈良でも、かつてこんな思いを抱いたことはない。

拝殿の前で手を合わせてみる。

しかし、形式的な参拝をするのが滑稽に思われる。

参拝をする身体動作が、この場では、すでに過剰なもののように思える。

何も私がイザナミに祈る必要などない。

それに、この神魂神社の神が、本当は、本殿を作りなす木に他ならないことは、ここを訪れた誰にだってわかろうというものだ。

この今にも朽ち果てそうな脆弱な木が守られてきたことこそ、奇跡に他ならない。

そこに自ずと敬意が生ずるのだ。

暫くそこに留まることにして、本殿の周囲をゆっくりと散策する。

出雲大社と違って荒垣に囲われていないため、本殿の作りもよく見える。

本殿に近付き、出雲大社より古いとされる造営方法を保持する構造を下から見上げる。

どうにもその場を離れたくなくさせる、そんな魅力が、ここにはある。

寂びた本殿の木の肌を見ていた時に、何かが蘇った。

神魂神社の醸し出す張り詰めた空気の匂い。

四囲と木造建造物との完全な調和。

かつて一度だけ、たった一度だけ、同じような静寂に包まれた経験があることに気付いた。

考えてみれば、あの時も、まるで同じ空気だった。

あの時も、古びた木で組み上げられた静謐な祈りの場所が、私の足を止めたのだった。

それは、東北の、深い森の中にあった。

森の中の階段を、延々と下った果てに、ようやくそれは姿を現した。

その木造建築物の圧倒的な存在感が、山々から生ずるあらゆる音を奪っていた。

それは、寸分たりとも動かすことはできないものだった。

寸分違わず、そこにあり続けることを宿命づけられているものだった。

訪ねたのは湿度の高い曇り日だったが、霧も霞も、木々の葉に降りた露も、石段を濡らす雫も、森の中のあらゆるものは、その五重塔を引き立てる存在のようであった。

絵画でも写真でも見たことがない、まるで隙のない完全な建造物。

人里離れた霊山の奥に建立されながら、人工が自然を圧する姿で、羽黒山五重塔《はぐろさんごじゅうのとう》は屹立《きつりつ》していた。

それまでに見たどんな五重塔とも異なっていた。

他とは比較にならないものだった。

山形県鶴岡市にある修験道の聖地、出羽三山の一つ、羽黒山の麓に、国宝、羽黒山五重塔は存在する。

山形は、母の故郷だった。

私はそこを、父母や、幼い息子と共に訪ねたのだった。

思えば、もう二十年以上も昔のことである。

8

何のことはない。

私は出雲に、自ら避けようと願った当のものへの出会いを求めて旅立ったようなものだった。

旅の最中、ふと気付くと、私は、姿を消した息子の無事を神に祈り、眼前の古墳に父の映画を重ねているのだった。知らぬ間に、忘れかけていた過去の体験を痛烈に想起していた。旅の間中、そんなことが何度も続いていた。

出雲の横穴式古墳に潜り、四隅突出型墳丘墓に登り、出雲大社や熊野大社、神魂神社を歩き回る私の脳裏を度々掠《かす》めるのは、自己と関わる家族の記憶、血の記憶に他ならなかった。古代王権を巡る歴史的な真実は、一向に私の内部で形を成すことはなかった。出雲とヤマト、列島と半島とを結ぶ古代のホットラインも、今一つ明瞭に見えてこなかった。

出雲まで来た意味が、わからなくなった。

果たして人は、血脈から解放された自己を、手に入れることなどできないものなのだろうか。どこにあろうとも、何をしようとも、私は畢竟、子の父であり、父の子でしかあり得ぬものなのだろうか。そんな思いが、幾度も私を襲った。

もちろん、そうとばかりも言い切れない。

なぜなら私は、出雲の地に立たなければ、きれいに忘れ去っていたかもしれない「過去」をはじめて想起し、現在ばかりを生きるのではない「自己」と遭遇したからだ。

「よすみ」墳丘に登る体験は私の眼の向きを変え、神魂神社の静寂は、私の記憶を確かに更新した。「私」を、少しばかり別の者にした。

「父」であることから完全には逃れられなかったが、未知のものへの誘いが、心に涼風を吹き込み、失われた過去を召喚したのである。それらは決して無関係ではない。未来へ向けて藻掻く私の踏み出す足が、薄暗い私の内部へと続いていただけの話なのだ。

とすれば、反対に、こんな風に言うこともできるのではないだろうか。

私の知らない何かが、私を出雲へと導いたのだと。

私の直感に基づく行動は、すでに「私」の手を離れていたのだと。

もしかすると、大学を去り親から逃げてまで失踪する息子を持つことと、こうして一人出雲を彷徨《さまよ》っていることは、全くの等価なのではなかろうか。

因果ではない。

因果ではなく、等価なのだ。

あてもなく古墳に潜り続けること、それを書き続けること、憑かれたように映画を撮り続けること、そして、失踪すること。これらはある意味で等価である。

これらは全て、生の無根拠さに触れている。ここには何より、生き抜くために余儀なくされた「行為」がある。本来的な人間の空無に迷い、どうしようもなく突き動かされている。

傍から見ると確かにこれらは馬鹿げていて、ひどく極端な生き方だが、そこにまるで救いがないわけでもない。

ここには、余儀なくされた決断を通じて、われわれが「私」を超え得る契機が兆しているかもしれない。

自己とは別の、計量不能な何かに向けて踏み出しているからだ。

単にそれは、濃い血脈の定めに従った破天荒な逸脱でしかないのかもしれない。だが同時に、血脈の息苦しさを、「他者」と「自己」との新しい関わりへと開いてゆくための回路が、ここに含まれている気がしてならない。「父」であり「子」である私が、そうした私以外のものとして生き直すための契機が、わずかに宿っているように思えるのだ。

息子が、失踪を通じて、長年苦しみ続けた「子」という役割を辞めようとしたのも、同様の理由があったからかもしれない。彼は私以上に、宙ぶらりんの「子」であることの苦しみから、自由になりたかったに違いない。彼は、「父」という存在から、そして「子」である自分というありようから、逃げたのかもしれない。

だが、そうだとすれば、その欲望は、私にも、父にも、通じている。

おそらくそれは、万人に通じている。

9

主体が想起するのではない。

かつて誰かが、そう書いているのを読んだ覚えがある。

何かをきっかけに、記憶の扉は開く。

ある種の記憶の到来は、一つの暴力である。

それは有無を言わさない。

主体は「私」ではなく、記憶の方なのだ。

記憶が「私」を損ない、あるいは、蘇生させるのである。

出雲に来た私は、二十年前の記憶を生きることを余儀なくされた。

神魂神社本殿の木の肌と、境内の静けさは、私の時を止めた。

ある記憶の到来が、「私」の組成を作り変えるように迫った。

出雲に来た私は、同時に、山形の羽黒山へと向かっていた。

その傍らには、まだ家族離散の未来を知らないお喋りな三歳の幼児と、朝鮮半島にのめり込み始めた映画監督がいた。

大型ワゴン車を一人で山形まで運転してきた私の弟と、中学卒業まで山形で育った私の母、そして、離婚前の元妻も一緒にいた。

二泊三日の、母の故郷を訪ねる旅だった。

旅の途中、痩せている元妻が、丸々としたふくよかな顔をする息子のことを指して言った。

「私の子じゃなくて、まるでお母さんの子供みたい」

まん丸の眼を見開く三歳の息子の笑い顔は、確かに、私よりも、元妻よりも、私の母によく似ていた。

抗いようのない血の繋がりがそこにあった。

だが今考えると、濃密な血で結ばれた血族の中に他人である当時の妻が混じることは、私たちの離婚を早めることを促した可能性もある。

およそ一年後に到来する離別の兆しが、その旅行中に芽を出さなかったとは言い切れない。血の濃さは、そこに混じることのない異物を探し当てようとするからだ。

私たちはその後すぐに離婚し、息子と祖父母の蜜月は終わりを迎える。

東京で生を受けた息子は、祖父母と離れた地方で暮らすようになる。

地方で成長した息子は、やがて京都で失踪する。

それは、ある血族から自分を守ろうとした血の繋がりから、さらに自分を切り離そうとすることをも意味しているはずだ。

息子は、全ての血の繋がりから自らを解放し、誰かの「子」であることから降りたのだ。

だが……。

だがそれは、血の中に生きたからこその決断だ。

親の顔を知り、親に抱かれた記憶があるからこその苦しみだ。

親を知らないものが、親を憎しむことはあっても、親からの逃亡を意図することはない。

血を知らないものは、血を追い続けて生きる。

血の束縛から、完全に自由であった人間など存在したことはない。

人はつねに、血を負って生きている。

そして、それればかりではない。

血脈への自覚は、それとは異なる人間の繋がりを教えるのだ。

血の中に生きることで、はじめて人は別の者になる。

おそらく、抗えない血の繋がりに縛られた「私」だからこそ、そこから「自由」になる機会を血眼になって模索するのではないだろうか。

だからこそ、血脈とはまるで別の何かに、一層強く結ばれている「自己」を発見する瞬間に、時折遭遇するのかもしれない。

人は、血脈とは無縁の場所をも生きている。

血族の中にあってこそ、そうした人間のありようを知る瞬間は訪れる。

誰もが経験しているはずだ。

それはある種の祈りの時間である。

狂気の萌す瞬間なのかもしれない。

ある時、私たちの周辺は、突然静謐な場へと変貌する。

静寂。

そして静止。

神魂神社は、そして、羽黒山五重塔は、私にとってそのような場所であった。

私たちは、雨に濡れた石段を慎重に下り続けた。

どこまでも続く、長い長い石段である。

私はまだ若く、還暦を過ぎたばかりの父と還暦直前の母の足元を気にするような注意深さはなかった。羽黒山山頂付近からの二千段を超える階段を下りる行為に、ただ一人没頭した。

車で山頂の御社に向かい、参拝した後、私と両親は一緒に歩いて山を下り、五重塔に自力で近付くことを選んだ。

ドライバーの弟は五重塔のそばにある麓の駐車場まで車を回すことになった。

三歳の息子が山道を最後まで歩き通すことは難しそうだったから、弟と一緒に車で山を下ろすことにした。

私たちと別れる時に息子が泣いた。そこで、元妻も息子と共に車に乗ることになった。

私たちは二手に分かれた。

年配組の私と両親とが、歩いて山を下ることになった。

麓に下りる途中、茶屋で休んだ記憶がある。

ひどく長い下りだった。

母は森林の中の空気を好み、松の巨木に両手を広げて抱きついた。

山を麓へと下りながら、私は傍らにいる両親と離れて歩き始めていた。

後方に父母がいるのを忘れて、山の深い底へ底へと下りてゆく感覚を抱いた。下りるにつれて、私は一人になるような気持ちがした。

それは嫌な気持ちではなかった。

もしかするとそれは、久しぶりに、息子や元妻と離れることになったところからくる、ほっと一息入れる感情だったのかもしれない。あるいは、妻子を連れて父母と旅することの肩の凝りから解放されるひと時を得たということなのかもしれない。

いずれにせよ私は、山を下るにつれて父母の存在を忘れた。

また、自動車に乗って山を下った息子と、その母親からも遠ざかった。

一切の血の繋がりと訣別して、森の中で一人きりになる喜びを、ありありと全身に感じながら、山を深く、深く下りていった。

小一時間は歩いたのだろうか。ようやく松の樹々の間から、何とも表現しようのない古色を帯びた木造の建造物が姿を現した。

その塔は、一旦眼にした者が、その眼を離せなくなるほどの、深い魅力を湛えていた。

四囲の自然を圧する厳粛さを有しながらも、その塔は孤独だった。

森の中にぽつねんと物言わず立ち続けるその塔は、やはり人間の作ったものだった。無言でいることに耐えかねているように見えた。

そこは本来、一人で訪れるべき場所であった。

沈黙の似合う場所だ。

だがすぐに背後から声が聞こえた。

父と母が私に追いついてきたのだ。

父が塔を見て、木々の間からこの塔を透かし見る構図の、有名な油絵画があるというようなことを言った。

私はその話を聞きたくなかった。というより、父母に追いついてほしくなかったという気持ちが、どこかにあった。

私は、父母や、妻子とは、別の場所にいたのだ。

その時私はおそらく、血の関わりの中にまみれながらも、たった一人で生きる自分を感じていたのだと思う。そしてその自分とは、紛れもなく血族とは別の何かと強く結び付いているものだった。

その何かが、何なのかはわからなかった。しかし、それを教えてくれたのが、眼前にある無言の塔と、神秘的な森の時間であることは疑いなかった。

人間の作り上げた造形物が、家族よりも原初的なものへの紐帯を、私に教えた。

私は、自己を掛けて忠誠を尽くすべき存在が、血とは別の何かであることを、はじめてその時に知った。

親や子を、そしてこの自分自身をも、「他なるもの」と見る眼差しが、私の内部に、はじめて育ち始めたのである。

私と両親とは、それぞれに山道を下って五重塔に辿り着いた。親と歩む私が、傍らを行く両親に「他者」を感じ、一人きりで歩いていたことは書いてきた通りだが、父母にとっても、もしかするとそれは同様だったのではないだろうか。日本軍による朝鮮人強制連行・強制労働を巡る長編ドキュメンタリー映画を、当時すでに構想し始めていた男が、私たちの傍らで、己に見える道だけを一心に見つめて足を運んでいたことは明らかである。父はこの後、慰安婦として従軍させられた高齢の韓国人女性たちの証言を映像で記録する、ひどく長丁場のロケーションに出発することになる。

それればかりではない。

いつもならば、世界を柔軟に包むように見る母までもが、その時は、己一人の道を歩いていたように思えるのだ。

というのも、その旅行は、母が子供時代を過ごした山形県温海《あつみ》温泉を訪問する旅であったからだ。

母の両親の墓所は、山形県鶴岡市に編入された日本海沿いの小さな町、温海にある。羽黒山にやってくる前日、私たちはその温海温泉に一泊していた。

母は東北の医師の家系に生まれ育った。

その父、つまり私の母方の祖父は、昭和二十年代半ばに世田谷区上馬《かみうま》に移転するまで、温海温泉で「たけだ病院」を長年開業していた。

　私たち一行は、前日、そこを訪ねていたのである。

　病院と、その傍らにあった住居と土蔵が、とっくの昔になくなっていることはわかっていた。

　だがどういうわけか、孫を持った母は、自分が子供時代を過ごした住居の跡地だけでも見ておきたいと願うようになっていた。

　残念ながら、病院の建っていた辺りは大きく変貌していて、母は幼少期を過ごした自分の住居跡を、明確に探し当てることはできなかった。近隣に、見知った人間も住んではいなかった。

　故郷に戻り、自分の源に触れたいと考えた母の願いは、前日、宙に浮いていたのである。

　そして、温海からさほど遠くない羽黒山は、母にとっては故郷の一部も同然だった。

　だから言ってみれば、羽黒山五重塔に接近する長い山道は、彼女にとっては、血脈の起源へと遡行する旅でもあったはずなのだ。

　石段を一歩一歩歩いて下りながら、母は一人、自分だけの過去へと戻っていたに違いない。

　そのようなことは口にはしなかったが、ある意味で、母も一人で山道を下っていたのである。

　実のところ、山道を下る私たちは、それぞれが一人だった。

山道を下りながら、一人で生きる自分に気付いていた。

おそらく、私たちは、血の繋がりを通じて、はじめて一人である自分と出会うのではないだろうか。

そして、一人である自分の存在を通じて、何者かと繋がる自分を改めて知るのである。

つまりは、一人山を下ることでしか、私たちは、自らの本当の原郷には辿り着けないのだ。

濃密な血縁で結ばれた私たちは、それでいて、一歩一歩、お互いから遠ざかる道を歩んでいたというわけだ。

人が、血脈に繋がれてあると同時に、たった一人でしかないことを知ったその時のことを、私は出雲で痛烈に想起した。

羽黒山五重塔と同じように、数百年を経て寂びた木の肌を持つ神魂神社本殿の傍らで、ありありと想起したのである。

もちろん、誰もがいつかは一人で山道を下らざるを得ない。

その時がいつくるのか。

その違いがあるだけのような気もするのだ。

もしかすると、幼い頃から一人であることを強いられた私の息子にとっては、山を下りる時がやってくるのが、幾分か早すぎたのかもしれない。

人間が、畢竟は一人でしかないことを知るのが、少し早すぎたのかもしれない。

エピローグ

バックパックを膝にのせて九州の地図を見ていたら船が動いた。ジェットフォイルが芦辺港《あしべこう》を出たのだ。

エンジンが高速回転する騒音がさらに高い音へと変わった。

雲一つない快晴である。

空と海が、緑豊かな島全体を、青の世界にぴったりと閉じ込めていた。

博多港まで約五〇キロメートル、所要時間六十五分の旅の行程の始まりだ。

仕事の都合で東京に戻らなくてはならない刻限が迫っていたし、船の本数も限られていたので、私が壱岐島に滞在できたのは、ほんの数時間のことに過ぎなかった。

感染の危険性が高まり始めた場所に、再び戻ってゆかなくてはならないことを考えると気が重かった。

出雲から松江に移動し、その後在来線と新幹線を使って博多に到着したのは昨日の夜のことだった。博多で一泊し、今日は早朝から壱岐島に渡り、午後までの数時間をこの島で過ごした。

壱岐島に来たのは、この島の代名詞である「原の辻遺跡」を見るためでも、数多く残されている五世紀後半から六世紀後半にかけての壱岐島の古墳群を見るためでもなかった。私が一人で壱岐にやってきた最大の理由は、このジェットフォイルに乗って、博多港までの海路を「渡海」するために他ならなかった。だから何も、島に長い時間滞在する必要はなかったのである。

もちろん、原の辻遺跡は、『魏志倭人伝』に記された諸国の中で、その国の位置と、叙述された集落が完全に特定された唯一の遺跡と言える貴重な文化遺産である。深江《ふかえ》田原《たばる》平野一帯に広がる原の辻遺跡は、『魏志倭人伝』の語る「一支国《いきこく》」と完全に合致するばかりか、その成立から、広域的な交易拠点としての繁栄、水害に伴う低地部の水没と集落の退行といった、弥生時代のクニの盛衰を通時的に見渡すことのできる価値ある遺跡であることは疑いない。いわば、この島には、半島と列島の関係全体を紐解く未発見の「鍵」が秘められているのである。だからこそ壱岐には、発掘調査の拠点となる長崎県埋蔵文化財センターが設立され、継続的な発掘調査の進展が期待されているわけである。

ただし、現在は発掘箇所の大半が埋め戻され、単なる平地と化した遺跡を見ても、古墳に潜り込むようなスリルが味わえるわけではない。壱岐市立一支国博物館に収蔵された出土品はどれも素晴らしかったが、すでに研究者の手に渡った陳列物が、それほどまでに私たちの心を刺激してくれるものでもない。

本当に私が心躍らせていたのは、壱岐を出て博多湾に船が入ってゆく海路において、古代の渡来の民たちが実際に見ていた眺望を、さながらに体験すること。そのことだった。

もちろんそうはいっても、せっかくの機会だから、時間の限り壱岐島の遺跡を見て回った。太安万侶《おおのやすまろ》と共に『古事記』成立に重大な役割を果たす稗田阿礼《ひえだのあれ》を想起させる、「稗田」さんという珍しい名前を持つ壱岐島在住のドライバーが、短時間で実に的確に私を案内してくれた。

手始めに、島内のほぼ中央に位置する鬼の窟《いわや》古墳と、島内最大の円墳、笹塚古墳、二基の古墳の石室に入った。共に六世紀の壱岐の首長を被葬者とする古墳である。新羅土器と多種多様な金銅製馬具を出土している笹塚古墳は、前室・中室・玄室の三室構造からなる一五・二一メートルという長い石室を有している。

現在石室への侵入が禁止されている長崎県最大の前方後円墳、双六《そうろく》古墳のフォルムの美しさは見事だった。

後円部の盛り土の傾斜の急峻さ、前方部と後円部の高さのギャップは、これまでに見たことのないものだった。後円部のみが地面からふわりと浮かんでいる。海抜一〇〇メートル近い森林の中にあるのだが、墳丘全長九一メートル、長崎県最大の古墳ということもあって、周囲の樹木は伐採され、草木は刈り取られ、島の重要な観光資源として、手を掛けて整備されている。

前方部の低い場所から墳丘上に登り、柔らかな土を踏んで後円部へと向かう。

足が墳丘の中に沈む。

狭い墳丘上の草を踏んでいる時、一つの記憶が蘇った。

あれは何年前のことだったろう。

息子が大学に入り、京都に住み始めてからのことであることは間違いない。

息子と二人、近鉄橿原神宮前駅《かしはらじんぐう》近くのホテルに泊まり、朝早く明日香村に向かって歩いていた時のことだ。

確か奇岩、益田岩船《ますだのいわふね》を見に行こうとしていた時ではなかっただろうか。

国道沿いを歩いていると、左手に、その日の目的にはなかった、古墳と思しき巨大な草山が出現した。持参していた地図を見てすぐに、それが、奈良県最大、日本で六番目の巨大前方後円墳、見瀬丸山《みせまるやま》古墳であることがわかった。

墳丘全長三一〇メートル。

石室全長二八・四メートル。日本最大の石室を持つ古墳である。

その時は知らなかったが、この規格外の巨大石室には様々な逸話がある。ごく近年でも例えば、一九九一（平成三）年に、密封された石室への無断侵入、盗撮事件が出来《しゅったい》するなど、世間を騒がせてきた有名な古墳なのである。

研究の趨勢では、被葬者が第二十九代欽明天皇であることは確実視されている。

だが幸いなことに、いまだ天皇陵と認められていないため、宮内庁が管理しているのは、後円部の三段目から上部のみ。他の部分は国の史跡指定は受けているものの、特に進入禁止の囲いもない。

登らないという選択肢はなかった。

住宅地を横切り、農地と連続する前方部から墳丘に登る。

近付いて目を見張った。

あまりに巨大なのだ。

盛り土は朝露を含んで柔らかい。一歩一歩が土に沈み込んでゆく。

足元が悪く墳丘上が広いので、胴体部分を歩いても、後円部まで容易には到着しない。

一〇〇メートル級の前方後円墳とはサイズ感が全く異なっている。歩きながら、これは間違いなく天皇陵だろうと実感した。

欽明陵だとすると、前方後円墳体制の最末期のことである。この後、仏教と道教の影響を色濃く受けて、日本の古墳サイズは急速に縮小してゆくのである。帰化人を大量に登用して大陸文化を意欲的に摂取し、百済の要請に応じて派兵した欽明天皇の事蹟を讃える者たちは、どんな思いでこの巨大古墳を作り上げたのだろうか。

息子にもそんな話をしたが、彼はスニーカーが汚れないように歩くのに必死で、私の話などろくに聞いていない。

だが私は、その時、不思議な喜びがあったことを覚えている。

それまでに感じたことのない喜びだった。

その感情を、うまく言葉にすることはできない。

ただ、父より大きく成長し、大学に入り、自分の道を行こうとしている息子と二人で、古代の天皇の墓を踏んで歩いていることが、たとえようもなく愉快だったのだ。

私は息子から促されるまで、いつまでも〝欽明天皇陵〟から下りたくはなかった。

墳丘上の柔らかい盛り土を踏んだ足の感触が、今も残っている。

そんな息子との記憶と共に、壱岐島の双六古墳の短い墳丘を歩いた。

壱岐の首長の墓である双六古墳の推定築造期は、六世紀後半。〝欽明陵〟とほぼ同時期の古墳である。そういえば、後円部が屹立するその墳丘の形も少々似ている。

ドライバーの稗田さんも、いつの間にか私の後ろにいた。

一緒に急傾斜を登り、後方部墳丘の頂点に立つ。

来るまでは知らなかったが、壱岐は島の外周が一三〇キロもある大きな島である。ほぼ島の最高地点に立っている気がするのだが、霧がかかっていて海までは見えない。四方はどこまでも森林に覆われている。稗田さんによれば、壱岐島は最高峰でも、二〇〇メートル程度らしい。島全体が山深く見えるが、実は高峰が存在していないのである。

出航時間が迫る中、次に、標高八〇メートルの山の上で発見されたカラカミ遺跡を見た。

まだ本格的な発掘は進んでいない弥生中期から後期にかけての集落である。低地にある原の辻遺跡の集落が水害にあうなどしたために、被害を避けて高地に移住した人々がいたのだと推測されている。

山の上にあるのに、ヤス、銛《もり》、アワビおこしなどの漁撈具類が多数出土していて、中国、朝鮮半島との繋がりを感じさせる土器類も多く発見されている。海人集団の集落でありながら、近年の発掘では、鍛冶で使用する地上式の周堤付炉跡《しゅうていつきろあと》や鉄器の加工に用いる石製工具類が発見され、集落内で鍛冶作業が行われていた可能性が高まっている。このカラカミ集落の人々は、海に下りて漁をし、山では鉄を作る半漁半工の生活を送っていたのではないか、と考えられているのである。

「カラカミ」と聞いてすぐに父の映画を思い出した。

『神々の履歴書』では、山陰地方の多くの製鉄関係史跡や炉床《ろしょう》跡を撮影している。石《いわ》見《み》銀山そばの韓神新羅《からかみしらぎ》神社をも訪ねていた。

壱岐島の高地カラカミ集落で鉄を作っていた集団は、おそらく渡来者であったのだろう。炉や鞴《ふいご》を使って高温を制御する高度な製鉄技術があれば、海に面した低地に住まなくとも交易を通じて豊かな生活を送ることができる。『古事記』では、「韓神」はスサノオの孫にあたる。列島各地の神社の主祭神である「須佐之男（素戔嗚）」や、その子孫の「韓神」とは、元来、荒ぶる炎を力技で制御するような、渡来の民の技術を凝縮的に表象するものなのだろう。そうした人々の生き方は、神々の名称や土地の名前に、鮮やかに刻印されている。父の映画は、そうした失われつつある各地の無数の痕跡を、フィルムに「記録」してゆく映画だった。

実は、失踪する直前に、息子は父の映画を見ていた。

二〇一八年八月上旬のことである。

四月に伊勢神宮で私と別れた後、息子との連絡が途絶えた。

熊野の旅での様子がおかしかったので、少し心配していた。

夏になり、八月上旬に、神戸で父の映画会が行われることに決まった。

二年前に京都で息子と見ていた『東学農民革命——唐辛子とライフル銃』の上映に加えて、古い作品も同時上映されることになった。

直前にどうにか息子と電話が繋がり、仕事で行けない私に代わって、神戸芸術工科大学で行われる上映会を手伝いに行ってくれるように頼んだ。

父に、留年している孫の様子を見てもらうという意図もあった。

はっきりしない返事だったが、熱中症が相次ぐ猛暑の中で行われた上映会に、息子はふらりと現れたらしい。

何を手伝ったのかは知らない。

息子は静かに父の映画を見て、終了後の懇親会にまで付き合ったと聞いている。

これが、息子についての最後の消息である。

つまり、祇園に潜伏する息子を発見した母親は別にして、行方をくらます前の息子と最後に会ったのは、彼の祖父である。

すでに大学五回生であった息子に、映画監督として生きてきた祖父は、この時、こう言ったらしい。

組織に属するのではなく、ふらふらしながら生きるのも悪くない。

それに対し、息子は、そのつもりだ、と答えたということだ。

ある意味で、彼は祖父と、父の言葉を、のみならず自分の言葉を、彼なりに実現していると言えるのかもしれない。

それ以来、息子の消息は途絶えている。

母親の家から逃亡した日に書き残した私宛の手紙だけが、彼の足跡を留めている。

母親は日々気に掛けているようだが、現在も、息子の行方は杳として不明である。

私は、息子が彼なりの旅を続けているのだと思っている。

私も、私の旅を続けようと思う。

*　　　*

甲高いエンジン音と共に壱岐島を離れてゆくジェットフォイルの中で、この「渡海」が、この島にやってくる時とは全く異なる体験であることに気付いた。

船が動き出してすぐに、右舷前方の窓には、微かに北部九州の影が見え始めていた。海面が黄金に輝く時刻であったことも、視界が開けていた要因だろう。芦辺港を出た船からは、博多湾よりずっと距離の近い、佐賀県の脊振《せふり》山系の千メートル級の山々が、直ちに視界に飛び込んでくるのである。

目標物が驚くほど鮮明なので、自分が向かう航路は明らかで、海の只中《ただなか》で進路に迷うことはない。

博多湾を形成する糸島半島や志賀島《しかのしま》、能古島《のこのしま》が目に入ってくるのは、船が湾に相当に接近してからであり、旅の目印には決してならない。

『魏志倭人伝』では、「一支《いき》」を漕ぎ出した船が、「伊都国」に入る前に、まずは「末盧《まつら》国《こく》」（肥前松浦郡・今の名護屋か唐津付近）に上陸するとしているが、これは船からすぐに目視できる九州への最短距離なのであり、旅程としてあまりにも自然なのだ。

北部九州の巨大な山塊が、壱岐や対馬から渡海しようという人々の思いを、強く呼び起こしたであろうことは想像に難くない。なにせ天候によっては、対馬からダイレクトに、九〇キロ離れた雄大な山脈の影が見えるというのだから。

午前中、壱岐島に渡った時はまるで違った。糸島半島の先端をようやく抜けて大海に漕ぎ出た時、天候のせいもあったのだろうが、壱岐島は影も形も見えなかった。まあ無理もない、島には高い山が存在しないのだ。

豊臣秀吉が朝鮮に出兵した時、唐津《からつ》の名護屋《なごや》城からは、九〇キロ先の対馬までが見渡せたという。空気が乾燥する秋と冬、今でも年に数日、名護屋城跡天守台からは、壱岐の島影越しに、対馬を望めることがあるらしい。もちろん高所からは、条件が揃えば、壱岐も対馬も見える。だがそれは、港から、漁撈する生活の場から見るのとは異なる。秀吉のように、目を凝らして見ようとしたから、遠方の島が見えるのだ。高山が連なっていない限り、何十キロも先の海の彼方は、肉眼で捉える明確な目標とはなりにくい。目視して上陸できる巨大な土地がない場合、船を出すのはハードルが高い。

朝鮮半島南端にも、韓国の最高峰である済州島の漢拏山《ハルラサン》（一九五〇メートル）、半島南岸中央に位置する智異山《チリサン》（一九一五メートル）といった高山が並ぶ。これはつまり、船を操る場合、目標を定めて操船できる島々に住む者たちの圧倒的な優位さを意味している。すでに渡海して定住を始めた者ではなく、島に住み、列島と半島を結ぶ者たちが、双方からの渡海者を調整し、海路を通じた文化の流通を根底から支えた可能性を感じさせるのである。いわば、交通を仕事とする者は、指標となる山脈を見つめ、そこを目がけて生きていたのである。これは、遥か遠方の高い山を常に凝視しながら、日々の進路を決定していた人間たちが、人類の成熟を支えていた、ということをも意味することになるだろう。

動き続け、何かを繋ぐものが、歴史を作るのだ。

遠くを見ているものが、時を動かすのだ。

歴史は、あるいは地図は、王の傍らで生み出されていたのではない。いつの世においても、遠くを見つめて生きていた者たちの「ここ」で生み出されていたのだ。いつの世においても、「ここ」だけが、隣接しない遠くの「ここ」と結び付くのだ。

志賀島を抜ける。

ジェットフォイルが博多湾に入る。

前方に見える福岡タワーの向こうには、三、四世紀最大の国際交易港であった西新町《にしじんまち》遺跡のテリトリーが広がっているはずだ。数キロを隔てて眺めてみても、ウイルスに抗って博多の街が動き続けていることがわかる。人間の交通が、何よりも意味を持つ場所なのだ。

古代も今も、それは変わっていないのだろう。

港が近付くにつれて、徐々にエンジン音が鈍く、低く変わってゆく。

旅の終わりが近付いていた。

旅が終わろうとする時、別離の悲しみと同じ感情が私を襲う。

旅の終わりが常に寂しいように、人が別離に慣れることはない。

だが不思議なことに、その別離というものだけが、凡庸な私の人生に、美しい彩りを与えてきたことも事実である。

博多湾に近付く船の中で、私は息子との最初の別離を想起した。

まだ小さな息子との思い出だ。

元妻は、離婚を決意するまで、ひとまず息子を連れて実家に帰り、意志を固めて一か月ほど経過してから、幼稚園の転園など諸々の手続きをするために最後に一度、東京に戻ってきた。

四歳になる息子を連れて彼女が戻ってきたのは、すでに夜になってからであった。

一か月も息子と離れているのがはじめてだった私は、当時住んでいた団地の外に出て、私鉄の駅から息子を乗せたバスが到着するのを待っていた。

その晩が、私が息子と本当の「家族」として過ごす最後の晩となることを、私は知っていた。

私はまだ三十歳を少し超えたばかりだった。

バスが五〇メートルほど離れた道路を走りバス停へとやってくるのが見えた。

どうやらその時、私の眼は今よりもずいぶんとよく見えたようだ。

バス停に停車しようと徐行し始めたバス車両の後部で、母に抱きかかえられた息子が、その腕をほどいて走り出すのが見えた。小さな息子は、まだ停止していないバスの中で、その通路を出口へ向けてすでに走り出していたのである。

その、転倒しそうになりながら走る子の姿を見て、私の身体は動かなくなった。

愚かな私は、自分がしたことの本当の意味を、その時はじめて理解した。

バスが止まり、前扉が開くと、息子は小さい身体を懸命にゆすって全力で私の方に駆けてきた。私の身体は依然として動かなかった。私はただ呆然として、短い両手両足を懸命に振って私に近付こうとする息子の姿を見ているだけだった。

その時私が理解したことがもう一つだけある。それは、生涯私が死ぬまで、これ以上に美しいものを見ることはないだろう、ということだ。その時理解したことは正しかった。その後のどのような別離も、それほどまでに美しいものの存在を、私に教えたことはないからだ。

ジェットフォイルはようやく博多湾に着岸しようとしていた。

重く低い音を上げながら、船体は自らをよじって埠頭に着けようとしている。

気の早い乗客は、荷物を持って前方の出口へ向かっていた。

私も立ち上がろうとして前を見た。

だが目がよく見えなかった。

ジェットフォイルの乗客の姿が歪んで見えた。

目を幾度こすってみても、それは変わらなかった。

【主要参考文献】

足立倫行『血脈の日本古代史』KKベストセラーズベスト新書、二〇一五年
網野善彦『日本の歴史をよみなおす』筑摩書房、一九九一年
網野善彦・吉本隆明・川村湊『歴史としての天皇制』作品社、二〇〇五年
壱岐市立一支国博物館『壱岐市立一支国博物館第六回特別企画展　古地図が語る壱岐の姿』壱岐市立一支国博物館、二〇一一年
壱岐市立一支国博物館『壱岐市立一支国博物館　常設展示総合ガイドブック』壱岐市立一支国博物館、二〇一四年
壱岐市立一支国博物館『海の王都・原の辻遺跡と壱岐の至宝』壱岐市立一支国博物館、二〇一五年
石川日出志『シリーズ日本古代史①　農耕社会の成立』岩波新書、二〇一〇年
出雲弥生の森博物館『出雲弥生の森博物館　展示ガイド』出雲弥生の森博物館、二〇一一年
井上秀雄『新羅と日本』文生書院、二〇〇一年
上田正昭『東アジアと海上の道――古代史の視座』明石書店、一九九七年
江上波夫『騎馬民族国家――日本古代史へのアプローチ』中公新書、一九六七年
江上波夫・上田正昭 監修『第一回　東アジア歴史国際シンポジウム　東アジアの古代をどう考える

か――東アジア古代史再構築のために』飛鳥評論社、一九九三年
宇治谷孟『日本書紀（上）全現代語訳』講談社学術文庫、二〇一五年
宇治谷孟『日本書紀（下）全現代語訳』講談社学術文庫、二〇一八年
大塚初重 監修『古代史散策ガイド　巨大古墳の歩き方』宝島社、二〇一九年
岡本健一『邪馬台国論争』講談社選書メチエ、一九九五年
沖浦和光 編『日本文化の源流を探る』解放出版社、一九九七年
川口博之『陳寿の地図――邪馬台国の経緯』新人物往来社、一九九三年
川島芙美子『熊野の大神さま』熊野大社崇敬会、一九九九年
川村湊『補陀落――観音信仰への旅』作品社、二〇〇三年
金達寿・西谷正・平野邦雄・山尾幸久『伽耶から倭国へ――韓国・日本古代史紀行』竹書房、一九八六年
金容雲『日本語の正体――倭の大王は百済語で話す』三五館、二〇〇九年
熊倉浩靖『「日本」誕生――東国から見る建国のかたち』現代書館、二〇二〇年
熊野大社宮司千家達彦 監修『熊野大社（改訂増補版）』熊野大社崇敬会、二〇一九年
河内春人『倭の五王――王位継承と五世紀の東アジア』中公新書、二〇一八年
堺市博物館『特別展　百舌鳥古墳群　巨大墓の時代』堺市博物館、二〇一九年
堺市文化観光局文化部文化財課『堺の文化財　百舌鳥古墳群』堺市文化観光局文化部文化財課、

二〇一九年
堺市役所 編『堺市史　第三巻』堺市役所、一九三〇年
坂本勝 監修『図説　地図とあらすじで読む古事記と日本書紀』青春出版社、二〇〇五年
佐々木克明『古代史の謎シリーズ④　天皇家はどこから来たか』二見書房、一九七六年
佐藤信 編『古代史講義――邪馬台国から平安時代まで』ちくま新書、二〇一八年
史跡整備ネットワーク会議『山陰の古墳――古代ロマン探訪』島根県教育庁文化財課・鳥取県教育委員会事務局文化財課、二〇一八年
白石太一郎『古墳とヤマト政権――古代国家はいかに形成されたか』文春新書、一九九九年
諏訪春雄 編『倭族と古代日本』雄山閣出版、一九九三年
関裕二『応神天皇の正体』河出書房新社、二〇一二年
高田貫太『海の向こうから見た倭国』講談社現代新書、二〇一七年
高田貫太『「異形」の古墳――朝鮮半島の前方後円墳』角川選書、二〇一九年
竹田恒泰『天皇の国史』ＰＨＰ研究所、二〇二〇年
玉利勲『墓盗人と贋物づくり――日本考古学外史』平凡社選書、一九九二年
塚口義信『邪馬台国と初期ヤマト政権の謎を探る』原書房、二〇一六年
次田真幸『古事記（上）全訳注』講談社学術文庫、二〇一九年
次田真幸『古事記（中）全訳注』講談社学術文庫、二〇一九年

次田真幸『古事記（下）全訳注』講談社学術文庫、二〇一八年
津田左右吉『古事記及び日本書紀の研究　完全版』毎日ワンズ、二〇二〇年
東京国立博物館・島根県・奈良県『日本書紀成立1300年　特別展「出雲と大和」』島根県・奈良県、二〇二〇年
遠山美都男『壬申の乱――天皇誕生の神話と史実』中公新書、一九九六年
戸矢学『スサノヲの正体――ヤマトに祟る荒ぶる神』河出書房新社、二〇二〇年
中井正弘『仁徳陵――この巨大な謎』創元社、一九九二年
仲島岳『「倭国」の誕生――崇神王朝論』海鳴社、二〇一九年
中西進『古代史で楽しむ万葉集』角川ソフィア文庫、二〇一〇年
梨本敬法 編『洋泉社ＭＯＯＫ　地図と地形で読む古事記』洋泉社、二〇一八年
原尻英樹・金明美『東シナ海域における朝鮮半島と日本列島――その基層文化と人々の生活』かんよう出版、二〇一五年
原の辻遺跡調査事務所『壱岐・原の辻遺跡　時間と海風の交差点――国指定特別史跡』長崎県教育委員会、二〇〇四年
東島誠・與那覇潤『日本の起源』太田出版、二〇一三年
「百萬人の身世打鈴」編集委員編『百萬人の身世打鈴――朝鮮人強制連行・強制労働の「恨」』東方出版、一九九九年

藤原清貴『洋泉社MOOK　歴史REAL　日本人の起源』洋泉社、二〇一八年
前田憲二『日本のまつり――どろんこ取材記』造形社、一九七五年
前田憲二『渡来の祭り・渡来の芸能――朝鮮半島に源流を追う』岩波書店、二〇〇三年
前田憲二『祭祀と異界――渡来の祭りと精霊への行脚』現代書館、二〇一五年
前田憲二・前田速夫・川上隆志『渡来の原郷――白山・巫女・秦氏の謎を追って』現代書館、二〇一〇年
前田憲二・和田春樹・高秀美『韓国併合一〇〇年の現在』東方出版、二〇一〇年
松本清張『岡倉天心――その内なる敵』新潮社、一九八四年
松本清張『清張通史①　邪馬台国』講談社文庫、一九八六年
松本清張『古代史疑（増補新版）』中公文庫、二〇一七年
松木武彦 編著『考古学から学ぶ古墳入門』講談社、二〇一九年
水谷千秋『謎の豪族　蘇我氏』文春新書、二〇〇六年
水野大樹『図解　日本古代史』スタンダーズ株式会社、二〇一八年
森浩一『巨大古墳の世紀』岩波新書、一九八一年
森浩一『倭人伝を読む』中公新書、一九八二年
森浩一『巨大古墳――治水王と天皇陵』講談社学術文庫、二〇〇〇年
森浩一・穂積和夫『新装版　巨大古墳――前方後円墳の謎を解く』草思社、二〇一四年

矢澤高太郎『天皇陵の謎』文春新書、二〇一一年
矢澤高太郎『天皇陵』中公選書、二〇一二年
湯原浩司（オフィス五稜郭）編『廣済堂ベストムック407号　古事記でめぐる日本の神社名鑑』廣済堂出版、二〇一九年
吉村武彦『シリーズ日本古代史②　ヤマト王権』岩波新書、二〇一〇年
吉村武彦『新版　古代天皇の誕生』角川ソフィア文庫、二〇一九年
歴史教育研究会（日本）・歴史教科書研究会（韓国）編『日韓共通教材　日韓交流の歴史――先史から現代まで』明石書店、二〇〇七年

前田　潤（まえだ・じゅん）

1966年東京生まれ。早稲田大学卒業。立教大学にて博士（文学）の学位取得。専攻は日本近代文学。現在、大学、予備校の兼任講師。主著に、『漱石のいない写真——文豪たちの陰影』（現代書館、2019年）、『地震と文学——災厄と共に生きていくための文学史』（笠間書院、2016年）がある。

Mail：runqiantian65@gmail.com

Twitter：@maedajunjl

古都《こと》に、消《き》える。

——流浪《るろう》の家族《かぞく》と空洞《くうどう》の古代史《こだいし》

二〇二一年五月三十一日　第一版第一刷発行

著　者　前田　潤

発行者　菊地泰博

発行所　株式会社現代書館

東京都千代田区飯田橋三−二−五

郵便番号　102−0072

電　話　03（3221）1321

FAX　03（3262）5906

振　替　00120−3−83725

組　版　プロ・アート

印刷所　平河工業社（本文）

東光印刷所（カバー）

製本所　積信堂

装　幀　大森裕二

校正協力・高梨恵一／地図製作・曽根田栄夫

ISBN978-4-7684-5901-0

定価はカバーに表示してあります。乱丁・落丁本はおとりかえいたします。

http://www.gendaishokan.co.jp/